国际大奖小说

小女巫艾米

Streghetta mia

[意] 比安卡·皮佐诺 / 著
[意] 埃曼努艾拉·布索拉蒂 / 绘
朱胜蓝 / 译

新蕾出版社

图书在版编目 (CIP) 数据

小女巫艾米/(意)皮佐诺著;(意)布索拉蒂绘;朱胜蓝译. —天津:新蕾出版社,2012.3(2023.2重印)
(国际大奖小说)
ISBN 978-7-5307-5244-9

Ⅰ.①小…
Ⅱ.①皮…②布…③朱…
Ⅲ.①儿童文学–中篇小说–意大利–现代
Ⅳ.①I546.84

中国版本图书馆 CIP 数据核字(2011)第 269195 号

Original title: Streghetta mia
ⓒ 1988,Edizioni EL S.r.l.,Trieste Italy
Simplified Chinese translation copyright ⓒ 2012 by New Buds Publishing House (Tianjin) Limited Company
ALL RIGHTS RESERVED
津图登字:02–2011–27

出版发行:新蕾出版社
http://www.newbuds.com.cn
地　　址:天津市和平区西康路 35 号(300051)
出 版 人:马玉秀
电　　话:总编办(022)23332422
　　　　　发行部(022)23332351　23332679
传　　真:(022)23332422
经　　销:全国新华书店
印　　刷:天津新华印务有限公司
开　　本:880mm×1230mm　1/32
字　　数:55 千字
印　　张:4
版　　次:2012 年 3 月第 1 版　2023 年 2 月第 26 次印刷
定　　价:18.00 元

著作权所有,请勿擅用本书制作各类出版物,违者必究。
如发现印、装质量问题,影响阅读,请与本社发行部联系调换。
地址:天津市和平区西康路 35 号
电话:(022)23332677　邮编:300051

前言

一辈子的书

梅子涵

亲近文学

一个希望优秀的人,是应该亲近文学的。亲近文学的方式当然就是阅读。阅读那些经典和杰作,在故事和语言间得到和世俗不一样的气息,优雅的心情和感觉在这同时也就滋生出来;还有很多的智慧和见解,是你在受教育的课堂上和别的书里难以如此生动和有趣地看见的。慢慢地,慢慢地,这阅读就使你有了格调,有了不平庸的眼睛。其实谁不知道,十有八九你是不可能成为一个文学家的,而是当了电脑工程师、建筑设计师……可是亲近文学怎么就是为了要成为文学家,成为一个写小说的人呢?文学是抚摸所有人的灵魂的,如果真有一种叫作"灵魂"的东西的话。文学是这样的一盏灯,只要你亲近过它,那么不管你是在怎样的境遇里,每天从事

国际大奖小说

怎样的职业和怎样地操持,是设计房子还是打制家具,它都会无声无息地照亮你,使你可能为一个城市、一个家庭的房间又添置了经典,添置了可以供世代的人去欣赏和享受的美,而不是才过了几年,人们已经在说,哎哟,好难看哟!

谁会不想要这样的一盏灯呢?

阅读优秀

文学是很丰富的,各种各样。但是它又的确分成优秀和平庸。我们哪怕可以活上三百岁,有很充裕的时间,还是有理由只阅读优秀的,而拒绝平庸的。所以一代一代年长的人总是劝说年轻的人:"阅读经典!"这是他们的前人告诉他们的,他们也有了深切的体会,所以再来告诉他们的后代。

这是人类的生命关怀。

美国诗人惠特曼有一首诗:《有一个孩子向前走去》。诗里说:

有一个孩子每天向前走去,
他看见最初的东西,他就变成那东西,
那东西就变成了他的一部分……

如果是早开的紫丁香,那么它会变成这个孩子的一部分；如果是杂乱的野草，那么它也会变成这个孩子的一部分。

我们都想看见一个孩子一步步地走进经典里去，走进优秀。

优秀和经典的书，不是只有那些很久年代以前的才是，只是安徒生，只是托尔斯泰，只是鲁迅；当代也有不少。只不过是我们不知道，所以没有告诉你；你的父母不知道，所以没有告诉你；你的老师可能也不知道，所以也没有告诉你。我们都已经看见了这种"不知道"所造成的阅读的稀少了。我们很焦急，所以我们总是非常热心地对你们说，它们在哪里，是什么书名，在哪儿可以买到。我就好想为你们开一张大书单，可以供你们去寻找、得到。像英国作家斯蒂文生写的那个李利一样，每天快要天黑的时候，他就拿着提灯和梯子走过来，在每一家的门口，把街灯点亮。我们也想当一个点灯的人，让你们在光亮中可以看见，看见那一本本被奇特地写出来的书，夜晚梦见里面的故事，白天的时候也必然想起和流连。一个孩子一天天地向前走去，长大了，很有知识，很有技能，还善良和有诗意，语言斯文……

同样是长大，那会多么不一样！

国际大奖小说

自己的书

  优秀的文学书，也有不同。有很多是写给成年人的，也有专门写给孩子和青少年的。专门为孩子和青少年写文学书，不是从古就有的，而是历史不长。可是已经写出来的足以称得上琳琅和灿烂了。它可以算作是这二三百年来我们的文学里最值得炫耀的事情之一，几乎任何一本统计世纪文学成就的大书里都不会忘记写上这一笔，而且写上一个个具体的灿烂书名。

  它们是我们自己的书。合乎年纪，合乎趣味，快活地笑或是严肃地思考，都是立在敬重我们生命的角度，不假冒天真，也不故意深刻。

  它们是长大的人一生忘记不了的书，长大以后，他们才知道，原来这样的书，这些书里的故事和美妙，在长大之后读的文学书里再难遇见，可是因为他们读过了，所以没有遗憾。他们会这样劝说："读一读吧，要不会遗憾的。"

  我们不要像安徒生写的那棵小枞树，老急着长大，老以为自己已经长大，不理睬照射它的那么温暖的太阳光和充分的新鲜空气，连飞翔过去的小鸟，和早晨与晚间飘过去的红云也一点儿都不感兴趣，老想着我长大

了，我长大了。

"请你跟我们一道享受你的生活吧！"太阳光说。

"请你在自由中享受你新鲜的青春吧！"空气说。

"请你尽情地阅读属于你的年龄的文学书吧！"梅子涵说。

现在的这些"国际大奖小说"就是这样的书。

它们真是非常好，读完了，放进你自己的书架，你永远也不会抽离的。

很多年后，你当父亲、母亲了，你会对儿子、女儿说："读一读它们，我的孩子！"

你还会当爷爷、奶奶、外公和外婆，你会对孙辈们说："读一读它们吧，我都珍藏了一辈子了！"

一辈子的书。

目录

Streghetta mia — 小女巫艾米

第一章　必要的序幕……………………001

第二章　故事正式开始……………………005

第三章　泽普一家…………………………008

第四章　艾米洗澡记………………………013

第五章　图书馆里的陌生人………………018

第六章　奇多会说话………………………021

第七章　小猫斯特…………………………028

第八章　艾米的头发………………………033

第九章　艾米学走路………………………037

第十章　莎士比亚的名著…………………042

目录

小女巫艾米

Streghetta mia

第十一章　鲁巴找到了线索 …………………… 053

第十二章　填字游戏 …………………………… 056

第十三章　可怕的误会 ………………………… 063

第十四章　半打小女巫 ………………………… 067

第十五章　红头发的女孩儿 …………………… 071

第十六章　坚持不懈的追求 …………………… 081

第十七章　不放弃的鲁巴 ……………………… 087

第十八章　鲁巴采取了暴力手段 ……………… 090

第十九章　追捕小女巫 ………………………… 099

第二十章　结局大揭秘 ………………………… 104

Streghetta mia

第一章

必要的序幕

一个星期以前,年迈的塞姆先生因严重消化不良去世了,这都要归罪于他吃了炸鱼。他的侄孙鲁巴懒洋洋地窝在公证处的沙发上,听着公证人宣读叔公塞姆先生的遗嘱,嘴边不时露出一丝得意的笑。"总算等到了。"鲁巴心中窃喜着,"这个老木乃伊终于死了。"

通过上面短短的几行话,亲爱的读者们,你们大概已经明白了吧。

1.塞姆先生是个有钱人,死后留下了一大笔遗产。

国际大奖小说

2.鲁巴是塞姆先生唯一的继承人。

3.鲁巴是一个没心没肺的人,自私又贪婪,脑子里只有钱。

朋友们,下面的内容你们也许猜不到,但请相信我:鲁巴是一个外表令人讨厌的年轻人——满脸长痘,下巴向后削,牙齿参差不齐,还脏得发黄甚至发绿,头发油光光的满是头皮屑,耳朵里面藏满了污垢,衬衣领子上的污痕清晰可见。

除此以外,他还是一个游手好闲的家伙,在他的生活里从来没有工作这回事儿。"我早晚能够继承叔公的遗产!"他总是这么想。

至于塞姆先生,亲爱的读者们别担心,像大部分寿星一样,九十九岁高龄的塞姆先生一生富足安逸,为人和蔼。尽管有一个冷漠无情的侄孙,他也未曾感到一丁点儿的不悦。

现在，这位留给我们极坏印象的鲁巴先生对于即将到手的财产信心十足，他听着公证员单调乏味的声音，打起瞌睡来。但是，遗嘱的最后几行话却给了鲁巴当头一棒，他惊讶得从沙发上跳了起来。

"什么？"他喊道，眼睛不停地转着。

公证员漫不经心地又读了一遍遗嘱的最后一段话："我唯一的侄孙鲁巴将会继承我所有的财产，前提是在我死后的一年零一个月内，他必须同一个女巫结婚。"

"真是个老疯子！"鲁巴惊叫起来，"简直是开玩笑。20世纪哪来的女巫？睡在摇篮里的婴儿都知道现在世界上根本就没有女巫！"

"您冷静点儿，鲁巴先生。请让我把它读完。"公证员不慌不忙地说，"我明白，鲁巴肯定觉得我疯了，才提出这样的条件。但是，女巫是存在的。我的妻子辛达就是一个女巫，拥有她，我感到非常幸福。"

国际大奖小说

"什么?我的叔婆辛达是一个女巫?"鲁巴又惊叫起来。他对叔婆的记忆非常模糊,她已经过世二十多年了,只记得她是一个开朗的女士,长得很丰满,待人很和气。

"和她在一起,我是如此开心。"公证员继续说,"我希望我的继承人也能拥有同样的幸福。加把劲儿,鲁巴。去找一个女巫,追求她,和她结婚。如果一年零一个月以后,你还没有成功,那么我的财产将要由别人来继承,他的名字我已经写在密信里了。这封密信由公证人保管,只有当鲁巴没有达到我的要求时,才能启封。"

"简直是个疯子!"鲁巴气愤地重复着,似乎还不能从刚刚的打击中回过神来,"找到一个女巫?!追求她?!和她结婚?!说得轻巧!"

但是,叔公塞姆的遗产数目实在是太庞大了,确切地说,高达五百亿里拉。鲁巴决定无论如何也要达到遗嘱上的条件。

第二章

故事正式开始

两天后的一个早晨,两辆汽车停在了妇幼保健院的门口。一辆是黄色的出租车,一辆是破旧的吉普车。这时,从医院门口出来了一群人:一个灰色长胡子的老爷爷,两个十三岁左右的小女孩儿,一个气度不凡的男士和一个穿着皮衣的女士。那位男士拖着两个大行李箱,而那位女士手里捧着一个浅蓝色的小包裹。原来,他们是泽普一家人:爷爷和他的儿子、儿媳妇,还有两个小孙女喜碧拉和塔碧塔,包裹里面则是新出生的小女婴,她

国际大奖小说

刚刚受过洗礼,取名为艾米。

艾米的妈妈是一位出色的舞台剧演员,怀孕之前,她正在参加一个盛大的巡回演出。现在,在经纪人丈夫的陪同下,她要重返舞台了。黄色的出租车把艾米的爸爸妈妈拉到了机场,而爷爷和艾米的两个姐姐要带着艾米回家。

"我希望等我们演出回来,她已经长出头发了。"妈妈说道,然后她温柔地亲吻了一下艾米光溜溜的小脑袋,"我真想知道她的头发会是金色的还是棕色的。"

爸爸答道:"我说是棕色的。你看到她那黑色的眼睛了吗?"

妈妈对爸爸的话很不满意:"我说是金色的。如果小孩子生出来是光头,那头发的颜色一般都是金色的。"

这样的对话已经出现很多次了。妈妈的头发是金色的,而爸爸的头发是深棕色的,他们都想在子女的身上

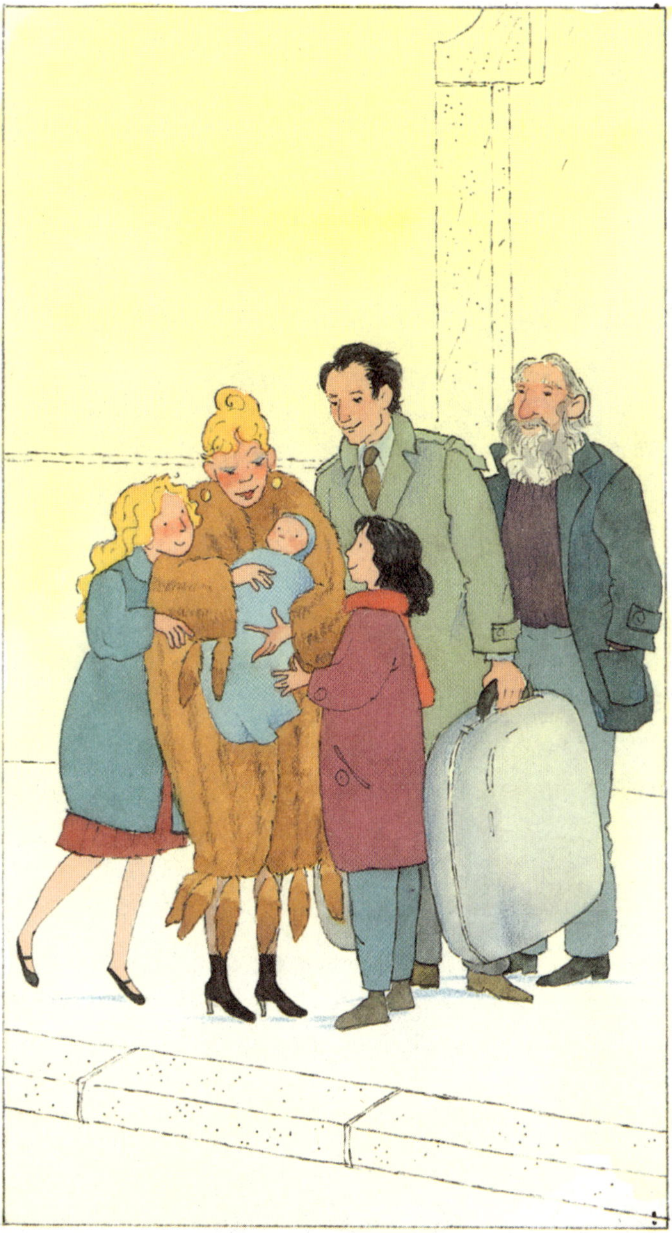

看到自己的影子,而他们的其他六个女儿恰恰是三个棕发,三个金发,更巧合的是,每种发色里都有一个直发,一个小鬈发,一个大鬈发。小艾米将会决定哪一方占上风。

一个小时后,飞机载着艾米的爸爸妈妈飞往了斯德哥尔摩,爷爷则开着吉普车把三姐妹带回了城郊的家中。老管家迪奥和另外的四个孙女正等着他们回来呢。

"迪奥是一个非常能干的保姆。"刚到斯德哥尔摩机场,妈妈就对来访的记者说道,"我可以放心地工作了,因为小艾米将会得到很好的照顾。"

第三章

泽普一家

尽管迪奥很会照看小婴儿,但她是一位终身未嫁的老姑娘。她在泽普家已经工作十六年了,家里总是被收拾得整整齐齐的,泽普家的六个女儿也是她一手抚养长大的。她爱玩儿填字游戏。不过,她最钟爱的孩子并不是泽普家的某个女孩儿,而是她的外甥赞卡——他是已经去世的姐姐琳达唯一的孩子。迪奥成为泽普家的管家以前,她就已经把赞卡当成自己的儿子了。赞卡今年二十四岁,在社区的公共图书馆咨询处工作。和他一起工作

Streghetta mia

的是一位年纪偏大的小姐,她负责登记借出的书籍。赞卡显然更讨人喜欢,爱莲和蕾娜塔总是喜欢坐在咨询处的小厅里读书,而不是把书借回家读。她们这么做的一个很重要的原因是:相比总是吵闹的家里,图书馆更安静,她们可以找一个角落好好儿读一会儿书。她们的两个妹妹希尔达和吉娜是捣蛋鬼,她们总是一边用沾着巧克力酱的手指在书上指指点点一边大叫:"这儿写的是什么?"或者"为什么这本书上没有画儿?"

希尔达对自己的阅读水平很有信心,她喜欢和姐姐一起读书。但实际上,希尔达刚上小学一年级,每次爱莲或者蕾娜塔已经读完一页时,希尔达才刚读到第二行。姐姐们不愿意等慢吞吞的希尔达,因为她们迫不及待地想知道故事的结局,比如,书里面的大坏蛋有没有掏出一把亮闪闪的刀子?结局到底是哪个呢?

A)捅到英雄骑士的后背上

国际大奖小说

？ ？ ？

B) 插入和他一样邪恶的罪犯的胸口

C) 切开一个香喷喷的圆面包

D) 插到小酒馆的餐桌上

图书馆前有一个小花园,天气好的时候,坐在葡萄藤架下面读书,感觉好极了。

亲爱的读者们,读到这儿,我想再向你们介绍一下泽普一家:

首先是泽普家的六姐妹:喜碧拉和塔碧塔的年纪最大,她们一个十四岁、一个十三岁;十岁的蕾娜塔和九岁

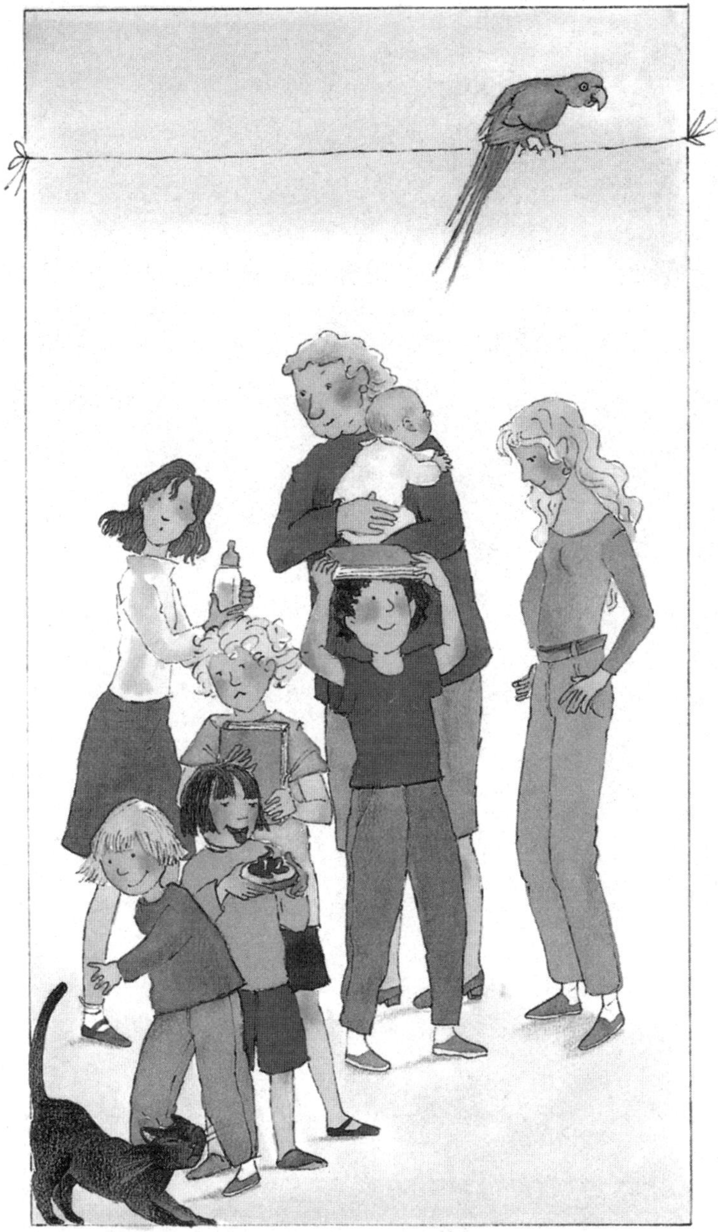

国际大奖小说

的爱莲尽管一个是棕色鬈发一个是金色鬈发,长得却像双胞胎;七岁的吉娜有一头棕色的直发,好像一个中国娃娃;而六岁的希尔达有一头金发,更像是个瑞典女孩儿。

泽普家的爷爷叫林多罗,林多罗·泽普。也许你们觉得这不像是一个老爷爷的名字,但是,他的名字的确是林多罗。

泽普家的成员还包括一只叫斯特的猫咪和一只叫奇多的鹦鹉。

第四章

艾米洗澡记

大姐喜碧拉觉得自己肩负着照顾艾米的重任,所以她决定帮助迪奥给刚刚降临人世的小妹妹洗人生中的第一个澡。

"我扶着艾米,你给她打上肥皂。"喜碧拉一边试澡盆里的水温,一边对迪奥说。

"不行,你给她涂肥皂吧,我扶着小宝贝。"迪奥答道,"如果她从你的手里滑出来掉到水里,肯定会呛着的。我们该怎么向你的妈妈交代啊!"

国际大奖小说

喜碧拉撅着嘴巴,粗手粗脚地给小妹妹的光头涂着肥皂,艾米的两只小脚快乐地在水里划来划去。

"不对,不是这样的。"迪奥责备道,"你看,你把肥皂泡带到艾米的眼睛里了。你应该像我这样做。"为了做示范,迪奥伸出左手去拿喜碧拉手中的肥皂。但这时,艾米从迪奥的右手中滑了下来,完全掉进了水里。

"天哪!她要滑到水底了。快抓住她!"在一旁准备热毛巾的塔碧塔尖叫起来。

"完了,完了,快救救她。"希尔达和吉娜也激动得叫了起来。

但是艾米轻松地浮在水面上,懒洋洋地伸开四肢,黑色的小眼睛呆呆地盯着天花板。

"她在游泳!"爱莲吃惊地说,"这么小的孩子竟然能游泳!"

"不对,不是在游泳,你看她一动不动的,她只是浮

着。"蕾娜塔下结论道。

闻声赶来的爷爷看到了这个奇怪的场景。为了确定不是眼睛花了,他们在大浴缸里加满了水,又把艾米放了进去。

这下毫无疑问了:没有任何人托着,艾米竟然在水面上安然地浮着!

她看上去像一只橡皮小鹅、一个救生员、一朵睡莲,艾米的身体仿佛充满了空气。如果用手在她的小肚子上轻轻往下按,拿开手后她还会浮起来。

"她有九斤重呢。"迪奥一边嘟囔着,一边从体重计上抱走艾米,"对于一周的婴儿来说,这很正常。但能够轻松地浮在水面上,究竟是什么原因呢?"

为此,爷爷特地请来了一位儿科医生,但他也无法解释这个奇怪的现象。"这个小宝贝健康得像一条小鱼。"医生一边困惑地看着艾米在水中手舞足蹈的样子,

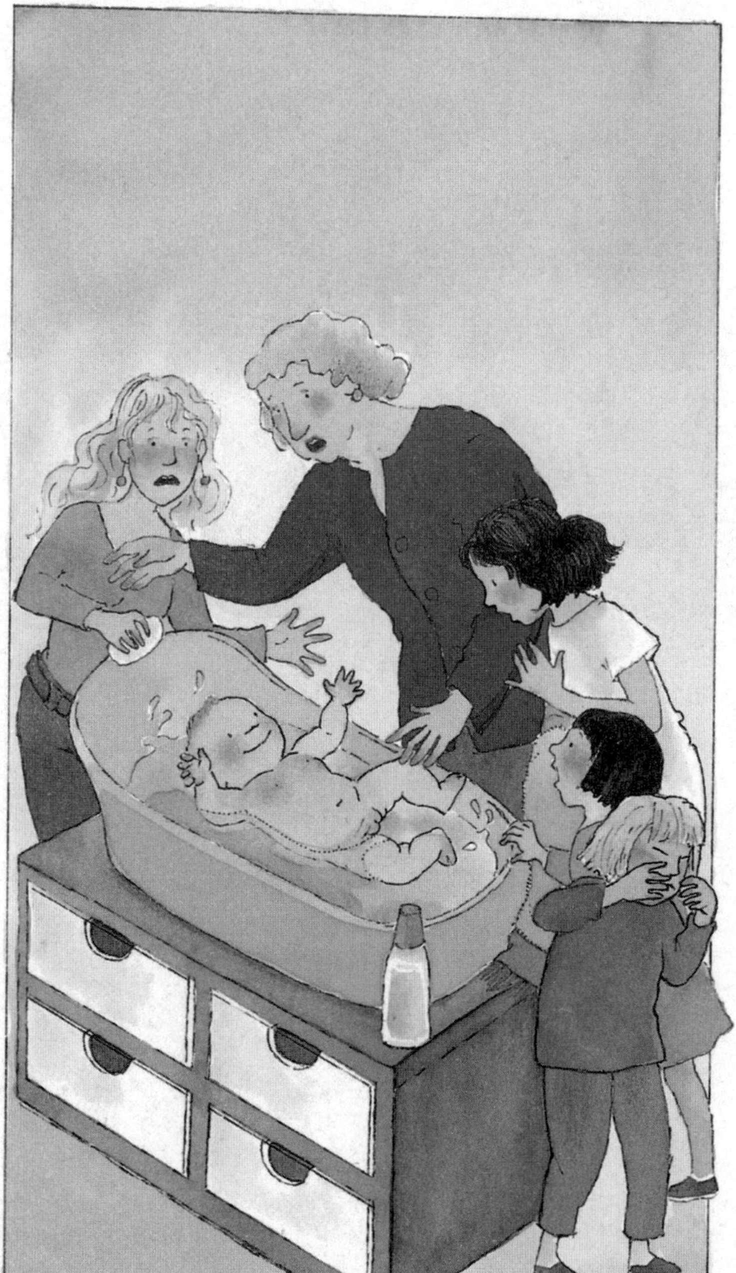

一边低声地自言自语。

"您说得太对了!"爷爷为艾米的英勇行为感到非常骄傲。

总而言之,这个小插曲对于泽普一家人来说,并不是什么坏事,反倒像一场庆典,这也缓解了迪奥的紧张情绪。从此以后,她很乐意接受小姐们的帮助。甚至有一天,她因不愿放下手头复杂的填字游戏,而让爱莲和蕾娜塔独立给小艾米洗了个澡。

国际大奖小说

第五章

图书馆里的陌生人

接下来的日子里,赞卡忙着帮爱莲和蕾娜塔姐妹做一件事——在图书馆的各类科普书里找到能够解释艾米会漂浮的答案。爱莲和蕾娜塔决心翻遍各种书,了解各种相关知识,特别是那些关于漂浮和下沉的物理知识。翻完一本再翻一本,两姐妹掌握了一个又一个有趣的知识。但是,依照所有作者的观点:一个婴儿如果被扔到水里,情况只有两种——游泳或溺水。艾米在水中漂浮的例子从来没有被科学家提起过。

在图书馆里,还发生了一件不愉快的事情。

蕾娜塔和爱莲发现,她们最喜欢的一个桌子一连好几天都被别人占了,这位读者以前从未出现过。不过,幸好桌子很大,两姐妹可以挤在一起坐在老位置上。可是,她们更想抱着书躲得越远越好。

"你们做得很好,要提防这个陌生人。"赞卡说,"这个人有点儿问题。你们知道吗,这星期他只借一本书——《黑魔法》。他还坚持要借一些地下室里破破烂烂的书。"

两姐妹笑了笑,露出一副不相信的神情,心想:"一个看上去不到三十岁的人在 20 世纪找关于黑魔法的书?! 怎么可能?!"

"不过,"爱莲说,"我们不想靠近这个人其实是有别的原因。你看他头发那么油腻,全是头皮屑,肯定没用过洗发水……"

国际大奖小说

"而且他的下巴长满了痘痘,他还用铅笔抠那些痘,看着就让人恶心。"蕾娜塔接着说。

"他的嘴巴还很臭,冒出一股马粪味儿。"爱莲说。

"唉,真是抱歉。"赞卡说,"我不能因为这些原因就禁止他来图书馆。但是,下一次他来借书时,我会给他加一本《个人卫生手册》的。"

此时此刻,那个陌生人正沉浸在他的《黑魔法》里,完全没有察觉到别人对他的指指点点。

第六章

奇多会说话

希尔达和吉娜也冒出了照顾小妹妹的念头。但是迪奥不允许她们这么做,两个小姐妹只好决定给鹦鹉奇多洗澡。

奇多是一只漂亮的绿鹦鹉,三年前,希尔达和吉娜把它作为命名日[①]的礼物,送给爷爷林多罗。

宠物店老板曾向她们保证,奇多是一只能说会道的

---

①在意大利,命名日是和本人同名的圣徒纪念日。

国际大奖小说

鹦鹉。于是,两姐妹花大价钱把它买了下来。就连帮她们到商店取奇多的二姐塔碧塔,也发誓曾经听到奇多清晰地说了几句意大利语。

"它还会说更多的话呢。只要你们教它。"老板向她们保证。

但是,一到泽普家,奇多就保持沉默了,没有开口说过一句话。

"你叫什么名字?"

奇多不说话。

"快向你的主人打个招呼吧。"爷爷也忍不住开口请求道。

奇多还是不说话。

"它真的会说话的,我向你们发誓,我曾亲耳听到过。"塔碧塔对着姐妹们和爷爷抗议道。

"它是故意和你们作对呢。"迪奥总结道。迪奥一向

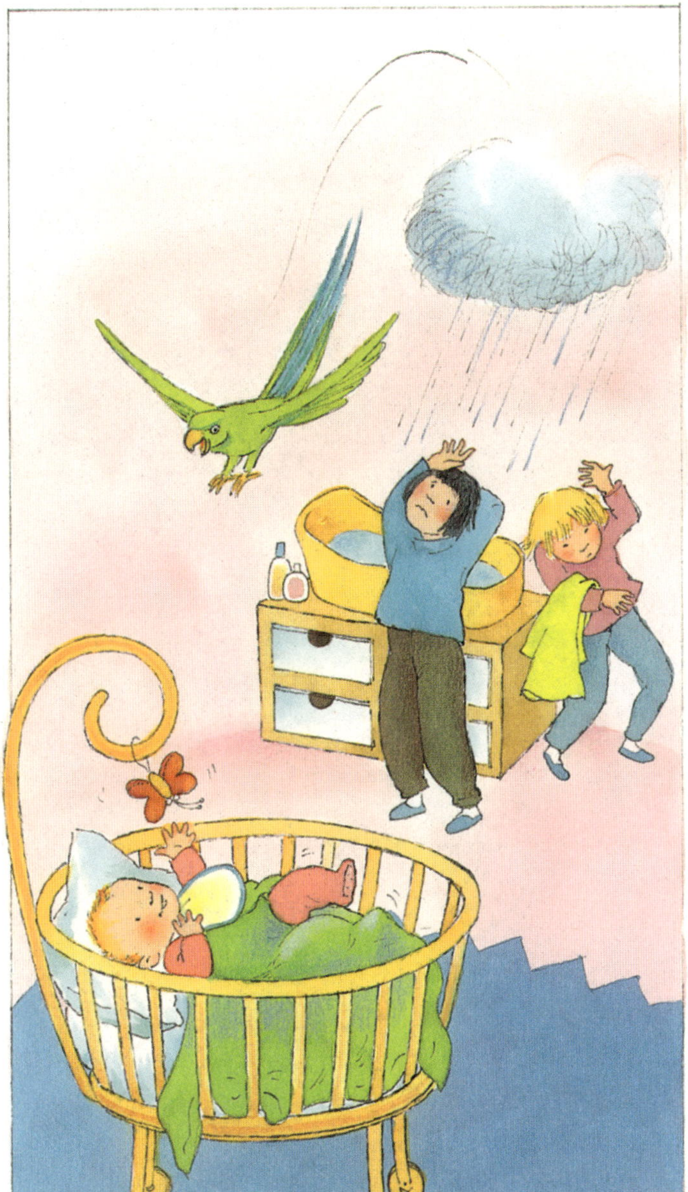

善于和倔强的小孩子打交道,于是她决定给奇多一条相反的指令。她用严厉的眼神盯着奇多说:"闭嘴!"

奇多突然说:"你也闭嘴!"

"它说话了,它说话了!"孩子们全都欢呼起来。总算没有浪费辛辛苦苦攒下来的零花钱,她们高兴极了。

但是,女孩儿们高兴得太早了。无论是甜言蜜语还是威胁恐吓,除了一句"你也闭嘴",奇多再也没有说过其他的话,哪怕是一个词语或是一个音节。无论对着谁,它都只会说一句"你也闭嘴"。

亲爱的读者们,我相信你们也一定同意我的观点:奇多绝对不是一只能说会道的鹦鹉。

奇多的翅膀从没长出过长长的羽毛,也没人见过它飞来飞去,所以泽普一家没有把它拴起来。奇多最喜欢做的事情就是待在鸟架子上,嘎吱嘎吱地嗑葵花子。

为了实现她们的计划,希尔达和吉娜特地选了一个

国际大奖小说

姐姐们不在家的下午，爷爷也去楼下的房间睡午觉了。迪奥趴在厨房的桌子上，头顶着最新的填词杂志打盹儿。艾米醒了，在她的摇篮里像蜜蜂一样发出嗡嗡嗡的声音，密谋中的小姐妹觉得并不需要提防她。

悄悄地，悄悄地，希尔达走到奇多的背后，猛地扑住它，一只手捂住奇多的嘴巴，另一只手抓住奇多的翅膀，不让它扑棱。

吉娜拿出了早早儿准备好的艾米的澡盆、毛巾和肥皂。

一眨眼的工夫，可怜的奇多就浑身湿透了。

两姐妹原本以为，奇多一到水里也会像艾米一样乖乖地一动不动。不料，她们刚放开奇多，它就开始猛烈地反抗，弄得到处是水。它还到处乱啄，大声尖叫。接着，浑身沾着肥皂泡的奇多突然飞到了窗帘架上。因为没有梯子，两姐妹根本没办法抓到它。

两姐妹开始吵起来。

"都是你让它溜走的。"

"不是我,是你把它的嘴巴放开的。你看看它对我做了什么。"

"它做得好极了。我以后再也不和你玩了。"

正在这时,发生了一件奇怪的事情。

当奇多一边瑟瑟发抖,一边朝着两个小姐妹"咕噜咕噜"地叫时,躺在摇篮里的艾米轻轻地说:"咯咯,咯咯。"

奇多听后,忽地张开了翅膀,抖了抖身上的羽毛,从架子上飞了下来,然后清晰地说:"女主人,我来了。"当飞过希尔达和吉娜的头顶时,奇多身上的水珠凝聚成一朵云彩,落在了两姐妹的身上,把她们从头到脚都淋湿了。

浑身干爽的奇多停在了摇篮边,用顺从的声音温柔

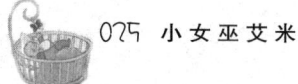

国际大奖小说

地又说了一遍:"女主人,我来了。"

"太不可思议了!"闻声赶来的爷爷惊叹道,"在它来我们家以前,肯定有人教它说过这句话。"

很显然,这个人不是来自泽普一家,因为它说的是"女主人",而林多罗爷爷是位男士。

"为什么它到现在才说这句话?它已经在我们家待了三年了!"喜碧拉充满疑惑地问道。

"我很肯定,在商店我没有听它说过这句话。"塔碧塔回忆着说道。

"它会不会对谁都说这句话?"说罢,爱莲很快就试验起来以证实自己的想法。

"过来,奇多,到我这儿来。"

奇多一动也不动,没搭理爱莲。除了艾米以外,奇多没和这屋里的任何一个人说过话。

"它又忘了那句话了。"迪奥失望地说。

Streghetta mia

　　但过了一会儿,艾米醒来了,发出"咯咯"的声音之后,奇多又像箭一样蹿起来,说道:"我来了,女主人,我过来了。"然后乖乖地停在了摇篮的把手上面。

　　从此以后,艾米摇篮的把手就成了奇多的最爱。每当爷爷或者姐姐们推着艾米出门散步时,奇多从来都不离开她,总是时刻保持着警惕,守护着它的小主人。

国际大奖小说

第七章

小猫斯特

现在,该说说我们的小猫斯特了。

也许你们会问,为什么希尔达和吉娜不给斯特洗澡,而是选择了鹦鹉奇多呢?换成其他任何一个小朋友,大概都会挑小猫咪吧。但问题是,斯特可不是一只可以让人控制的小猫。

尽管斯特和大家住在一个屋檐下,但它绝对不是一只宠物猫。

实际上,斯特是塔碧塔的生日礼物。最初,它是一只

Streghetta mia

容易受惊吓的小黑猫,一有风吹草动,它就跳起来躲到小主人的怀里。那时候,塔碧塔七岁,已经有点儿懂事了;爱莲才三岁;吉娜刚刚学会走路。淘气的爱莲和吉娜不顾塔碧塔的反对,对斯特做了一系列恶作剧,例如:拖着斯特的尾巴在楼梯上走来走去;把斯特打扮成洋娃娃;抓着斯特的胡子,把它扔到花园的水池里;给斯特的爪子涂上妈妈的指甲油……

后来,希尔达出生了,等她学会爬来爬去时,她最大的乐趣就是突然抓住斯特的胡子,用尽力气把它提起来。

这些只能在塔碧塔去学校时,她们偷偷地做。可怜的斯特只好学会自我保护,当然它有与生俱来的方法。凭着尖锐的爪子和带有警告式的低吼,斯特渐渐地让三个小淘气远离了自己。但从此以后,它对于每一个人都保持距离,还很冷漠,甚至对塔碧塔也爱答不理的。或

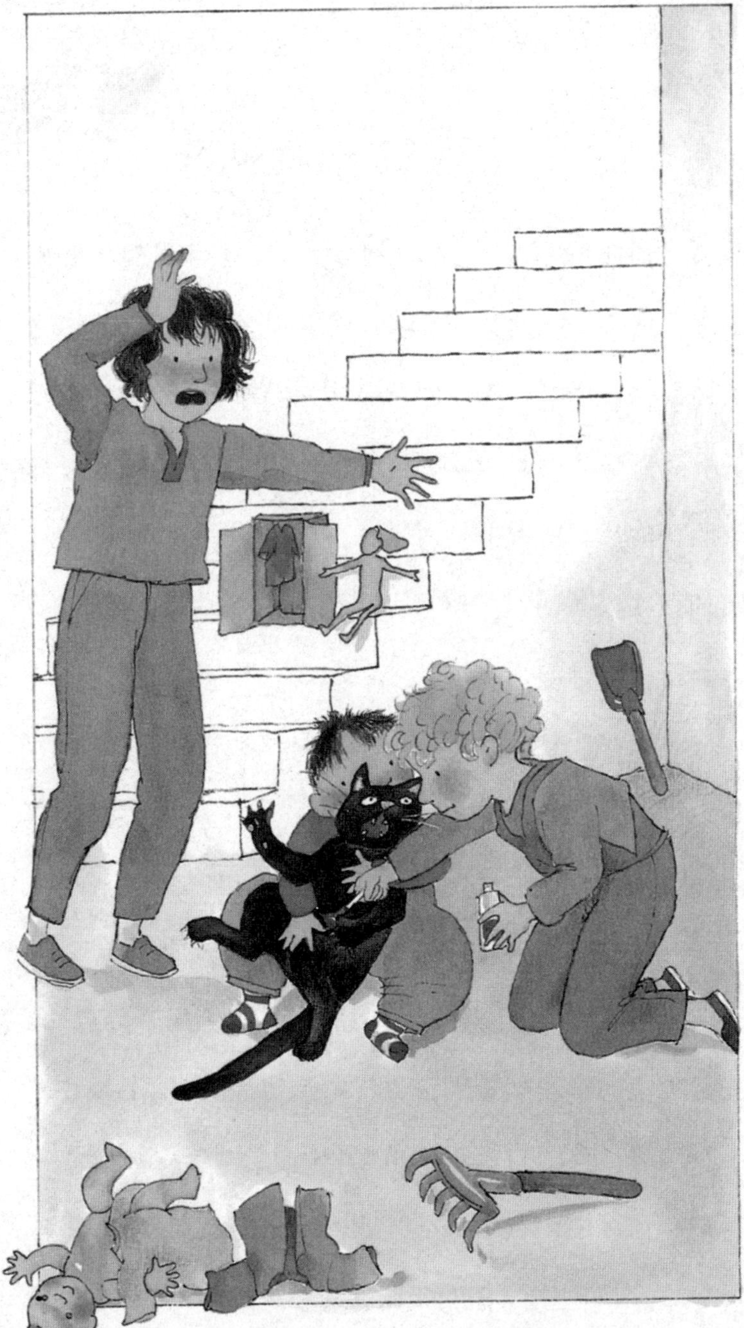

许,它是在责备塔碧塔放任三个妹妹欺负自己吧。

渐渐地,斯特长得越来越壮,皮毛亮亮的,漂亮极了,但脾气变得很大。每天,迪奥都在厨房台阶上的小沙盆里给它装上食物,斯特从来不会弄脏自己的小沙盆。当它确定屋子里没有其他人时,它就潇洒地躺在沙发上,舒舒服服地睡上一觉。

斯特总是尽量避免和人接触,它喜欢待在衣柜里面,把头靠在雕着花纹的门板上,透过缝隙观察家里的动静。

值得一提的是,斯特有一点做得非常好,它从来不会攻击鹦鹉奇多,也许这是面对"小暴君们"的迫害,动物之间必须保持的团结吧。

现在,泽普家除了艾米以外,最小的两个女孩子也长大了,她们早就忘了斯特曾经是一只温顺的小家猫的事实,也不打算友善地和斯特玩儿,当然,更不打算继续

国际大奖小说

折磨它了。

相反,她们简直有点儿怕它。有时她们看到猫咪斯特四处转时,甚至会有意地躲开。

第八章

艾米的头发

艾米有五个月大了。每个周末,喜碧拉会给她照一张照片,然后寄给妈妈,好让她知道艾米的成长。

"小宝贝!"爸爸在旅馆里激动得叫起来,"多好的小宝贝啊!但是她怎么还没长头发呢?"

"虽然我生了六个女儿,"妈妈说道,"却没有一个像她那样有着圆溜溜粉红色小脑袋的。"

现在,他们已经在回家的路上了,再过几个星期,他们就能回到城郊的家中和孩子们、爷爷、迪奥、猫咪斯特

国际大奖小说

还有鹦鹉奇多在一起了。

"你看这多奇怪,"妈妈一边打开喜碧拉寄来的最新的一封信,一边说,"最近的四张照片里,艾米总戴着小帽子。"

爸爸注意到,艾米有好几顶帽子:白色花边儿小帽,天蓝色棉线小帽,系着绿色丝带的红色小帽,还有带黄点的蓝色小帽,每一顶的式样都不同。

"或许是因为天气很快就热起来了,"妈妈说道,"他们不想让小艾米在出门散步时中暑。看,这儿还有一只迪奥的手呢。"但其实这只手是蕾娜塔的。

喜碧拉这样做是为了向父母隐瞒一个惊人的事实:艾米长出的头发既不像塔碧塔一样是棕色的,也不像爱莲一样是金色的,小艾米的头发是红色的!红得像夜晚的火光,像煮熟了的甜菜,像熟透了的樱桃。摸上去,她的头发像小鸭子的绒毛,稀稀疏疏的、软软的。最关键的

Streghetta mia

是,那种红色,是整个泽普家族从来没有过的!这么一来,妈妈恐怕要失望了,她是多么希望艾米的头发长成金色,这样她就有四个金发的女儿了,超过棕发孩子们的数量了!而爸爸呢,他也一心期盼着在艾米的头上看到棕色的小鬈发!

"把头发藏起来是没用的。"爷爷反对道,"早晚他们会知道的!还是早点儿和他们说吧。"

就这样,当爸爸在维也纳酒店的大厅里打开最后一封信时,从信封里掉出了一张艾米不戴帽子的照片,头发红得像一团火,还系着一条绿色的丝带。

"为了防止你们认为这是照片冲洗坏了的结果,我们还要给你们寄去一个更加真实的证据。"喜碧拉写道,"很抱歉,我知道你们会有点儿难过,但是我请求你们看到好的一面,看到平衡的一面。我想告诉你们的是,我无法再忍受看到第八个小弟弟,或者第八个小妹妹。在那

样的情况下,恐怕我要和迪奥一起离家出走了。到那时,谁来照顾剩下的妹妹们呢?"

"有道理。"爸爸说,"七个已经足够了。我想,艾米头发的颜色是命运对我们的指示:够了,该停止了!"

"我也这么想。"妈妈说,"我不停地工作,赚钱。如果我们只有两个孩子,我们早就是有钱人了,可以买得起带游泳池的大房子,买得起游艇,雇得起司机和大管家。但现在,我们只付得起迪奥的工资,供得起孩子们上普通的学校。第八个孩子将会超出我们的预算。艾米必须是我们的最后一个孩子了!"

"对啊,最后一个,也是最讨人喜欢的一个,因为她长着那么可爱的红色头发。"爸爸说,"我等不及要拥抱她了!"

"我也是!"妈妈说,"已经分开五个月了,实在太久了,现在我们可以好好儿弥补过去溜走的时间了。"

第九章

艾米学走路

爸爸妈妈这次准备在家待上两个月,这样,迪奥就可以去度假了。赞卡向图书馆请了假,陪阿姨迪奥去山里度假。那个有点儿笨拙的女孩子代替他在图书馆工作,她向所有人献殷勤,甚至包括那个着迷于《黑魔法》的令人讨厌的年轻人。

泽普太太是一个非常出色的演员,但作为家庭主妇她却很差劲。因此,家务活都由艾米的姐姐们来完成,连希尔达和吉娜也得负责倒垃圾和浇水的活。

国际大奖小说

这天早晨,泽普夫妇正在给孩子们讲巡回演出时发生的趣事,爷爷给大家端来了早餐。不过这次,孩子们也有一些奇妙的事情要和爸爸妈妈分享:艾米能浮在水上;奇多会说话了;艾米不能从镜子里照出样子来。

镜子里看不到艾米的样子,是喜碧拉发现的。那个时候,喜碧拉暗恋着同学康尼,但是这个男孩子从来不看喜碧拉一眼,他更愿意花上一整个下午照镜子,描眼睛,给脸颊扑上香粉(为了让自己看上去更清瘦),不停地换发型,做出各种呆笨的表情。喜碧拉竟然喜欢上这样一个不男不女的人,蕾娜塔和爱莲觉得可笑极了。

一个星期天的早晨,喜碧拉化上了紫红色的眼影。要知道,迪奥总觉得她的这个样子像是一只安哥拉兔,但喜碧拉觉得这样的自己漂亮极了。她一边抱着艾米穿过走廊来到花园,一边还往镜子里偷瞄了自己一眼。但是,她看呆了。镜子里只出现了自己一个人,弯着的手臂

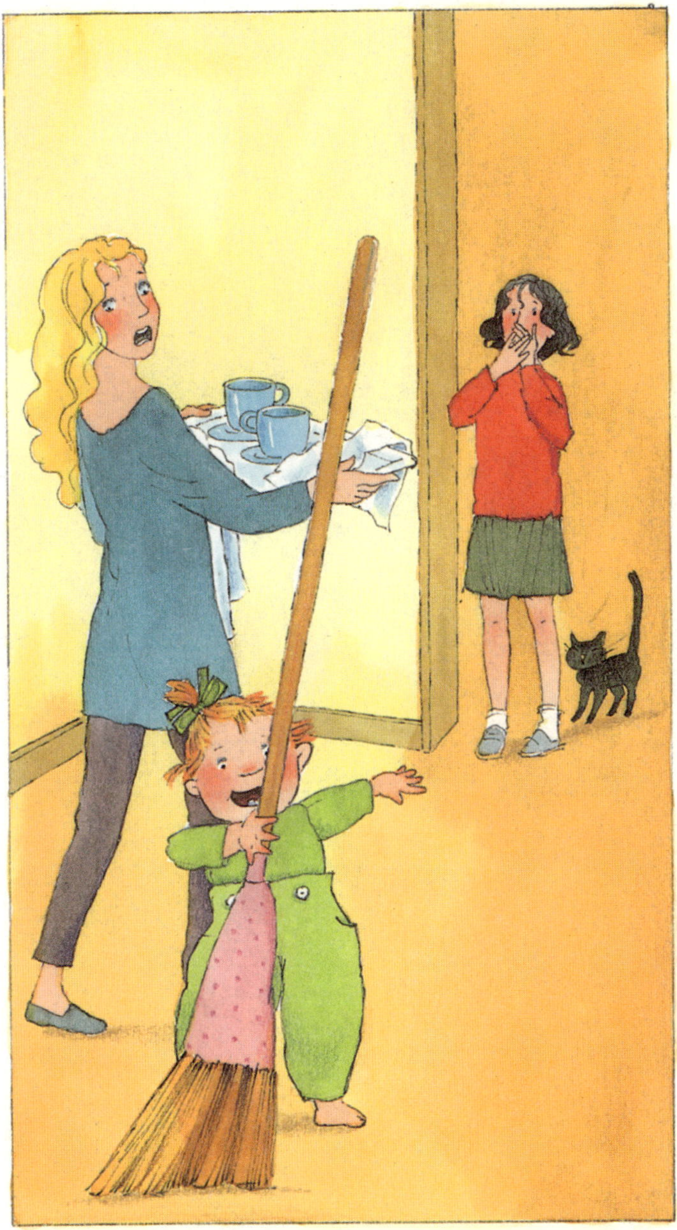

里什么都没有。低头往下看,艾米却真真实实地在那儿,靠在喜碧拉的肩膀上,热乎乎的、沉沉的……

"真是一个特别的孩子!"爷爷说道,艾米的姐姐们也感叹着。但说到底,这又有什么关系呢?这和身体是否健康完全没有关系。

迪奥对喜碧拉说:"当她长到十四岁时,肯定不会像你一样对着镜子做那些蠢事。"

当姐姐们向爸爸妈妈讲这些趣事时,艾米在爸爸妈妈的大床上玩耍,像爬山一样在别人的身体上爬上爬下,有时还躲在被子里,发出兴奋的叫声。

"过不了多久,艾米就会走路了。"妈妈温柔地看着她,轻轻地叹息道,"小宝贝们总是长得很快!"

一天早晨,只有艾米一人坐在床边,爸爸在边唱歌边洗澡;妈妈从窗户里探出头同花园里的爷爷说话;喜碧拉在收拾桌子,洗杯子和盘子。

国际大奖小说

悄悄地,悄悄地,艾米拉着被子从大床上溜下来,蹑手蹑脚地抓到了靠在墙边的扫帚……

"妈妈!艾米在走路!"正巧走进房间的塔碧塔惊叫起来,后面跟着的斯特被塔碧塔的叫声吓了一跳。

妈妈回过头,呆住了,嘴巴张得大大的。

艾米的确扶着扫帚在走路,但不是她移动了扫帚,而是扫帚自己动了起来,带着艾米在房间里绕来绕去。

"天哪!"妈妈尖叫起来,脸色苍白,倒在椅子上。

"咯咯。"艾米高兴地叫着,还不停地挥着小手。

绕着房间转了三四圈,艾米走得越来越稳。很快扫帚倾斜起来,艾米像骑马一样跨坐在扫帚上,双手紧紧地抓着扫帚柄。慢慢地,慢慢地,扫帚升了起来……

吉娜惊叫起来:"妈妈,小艾米飞起来了!"

妈妈倒吸了一口气说:"这太夸张了!"她几乎要昏倒了,幸好她本来就坐着,所以没有造成大的伤害。

真是令人难以置信,艾米飞到了空中,一会儿擦着了天花板,一会儿碰到了灯,一会儿又朝着打开的窗户飞了过去,让人看着都头晕。不过扫帚飞行的范围控制得很好,总是不超出屋内范围。不管离地面多高,小艾米总能轻松自由地骑在扫帚上飞来飞去。

最后,艾米以一个漂亮的筋斗落在了大床上。小猫斯特突然跳了起来,把头靠在艾米的背上,打起呼噜来。要知道,斯特已经至少六年没有亲近过人类了!

塔碧塔在妈妈的脸上轻轻拍了几下,妈妈终于清醒过来,喊道:"够了!现在,就缺斯特对小艾米说:'我来了,女主人。'"斯特用诧异的目光看了看周围。它的眼睛好像在说:"笨蛋!"或许,猫咪真的会说话。

但是,当艾米一边发出喜悦的叫声,一边抓着斯特的尾巴把它拎起来时,斯特并没有像平时一样伸出爪子反抗,而是很惬意地在艾米的背上继续打着呼噜。

国际大奖小说

第 十 章

莎士比亚的名著

爸爸妈妈又要出门了,伦敦一个大剧院的经理邀请他们参加"莎士比亚文化节",妈妈受邀在英国女王面前表演节目。迪奥不得不在五天以后从度假村回来。

"你们不用担心,还有我呢。"林多罗爷爷说道,"再说,几个姐姐们可以一起照顾她们的小妹妹。"

"我们有点儿担心艾米。"爸爸发出一声叹息,"我们从没见过这样的孩子。"

"我们很了解自己的孩子,"妈妈补充道,"但是艾米

太让人捉摸不透了。你们确定不会有大问题吗?"

"妈妈,您放心吧。"喜碧拉安慰着妈妈,"你们没什么可担心的。艾米一切都很好,吃得饱睡得香,对照医生的生长表格,她发育得也很好,而且您看她总是高高兴兴的,她现在还能自己走路了。"

"那个扫帚……万一掉下来……"

"它飞得很低很低……而且艾米抓得很紧。好了,为了让你们放心,我们把扫帚都放到储藏室里,让艾米拿不到就行了。"

就这样,艾米的爸爸妈妈才放心地离开了。

在他们离开的第二天,希尔达和吉娜又开始争吵了,她们继续"折磨"鹦鹉奇多,并不断招惹蕾娜塔和爱莲。

蕾娜塔抱怨道:"唉,迪奥什么时候才能回来。"

爱莲提议:"我们去图书馆吧,至少可以安安静静地

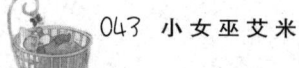

国际大奖小说

待在那儿。"

出发前,妈妈告诉过孩子们,今年暑假会带她们去伦敦参加夏季巡回演出。因此,爱莲和蕾娜塔决定读几本莎士比亚的名著,以便给英国的小朋友和妈妈的同事们留下好印象。

于是,她们告诉图书管理员,随便给她们一本莎士比亚的书就行。代替赞卡工作的小姐光忙着接待来借书的男士们了,连看都没看她们俩一眼。过了许久,才不耐烦地说了一句:"夏士彼尔?夏士彼尔?这个人是谁?"

然后,她匆匆地看了一眼以 S 开头的图书目录说:"对不起,这儿没有叫夏士彼尔的作家,或许是一个新人。"

爱莲气愤地说:"是这么写的,S-h-a-k-e-s-p-e-a-r-e!"要知道,她已经在妈妈的台词本上看过这个名字很多遍了。

图书管理员小姐没有道歉反而说:"啊,这样就对了。你早该这么说。"接着,她抽出离自己最近的一张卡片,"这本就是了,《麦克白》编号12/23。"

蕾娜塔在一旁偷偷笑:"要是赞卡知道这件事就好了!"

五分钟后,图书管理员小姐空着手回来了。

"对不起,《麦克白》已经被借走了。"她用下巴指指那个经常读《黑魔法》的年轻人。

他一个人坐在桌子旁,前面放了六七本样子古老的大书。

"来吧,我们坐到他旁边去。"爱莲对蕾娜塔说,"最好他读一点儿别的书,这样我们可以向他借《麦克白》。也许他不喜欢那本书,我们就不用等很久了。"

忍受着年轻人发臭的头发,泛黄的牙齿和坑坑洼洼的脸,爱莲轻声对年轻人说:"先生,如果您现在不看莎

国际大奖小说

士比亚的《麦克白》的话,可以借给我们先看吗?"

亲爱的读者们,我想你们现在应该明白了吧。这个年轻人就是鲁巴。他不耐烦地从笔记本里抬起头说:"我正在读。你们闭嘴,等着吧!"

两姐妹惊讶地看着那一堆书,心想如果鲁巴要在下午读完所有的书,他必须飞速地阅读才行。

蕾娜塔一边整理桌子一边说:"我还是去写星期五要交的地理报告吧。"

爱莲很无奈:"那我补昨天的作业吧。"

说到补作业,我忘了告诉大家,爱莲可不是一个小懒虫。这次的作业题目是《我最喜欢的一位家人》。

实际上,这个题目很常见,几乎所有的泽普家的女孩儿都做过这个作业。有人说是爷爷,有人说是迪奥,有人说是妈妈,她们写的也都是最平常的事情。

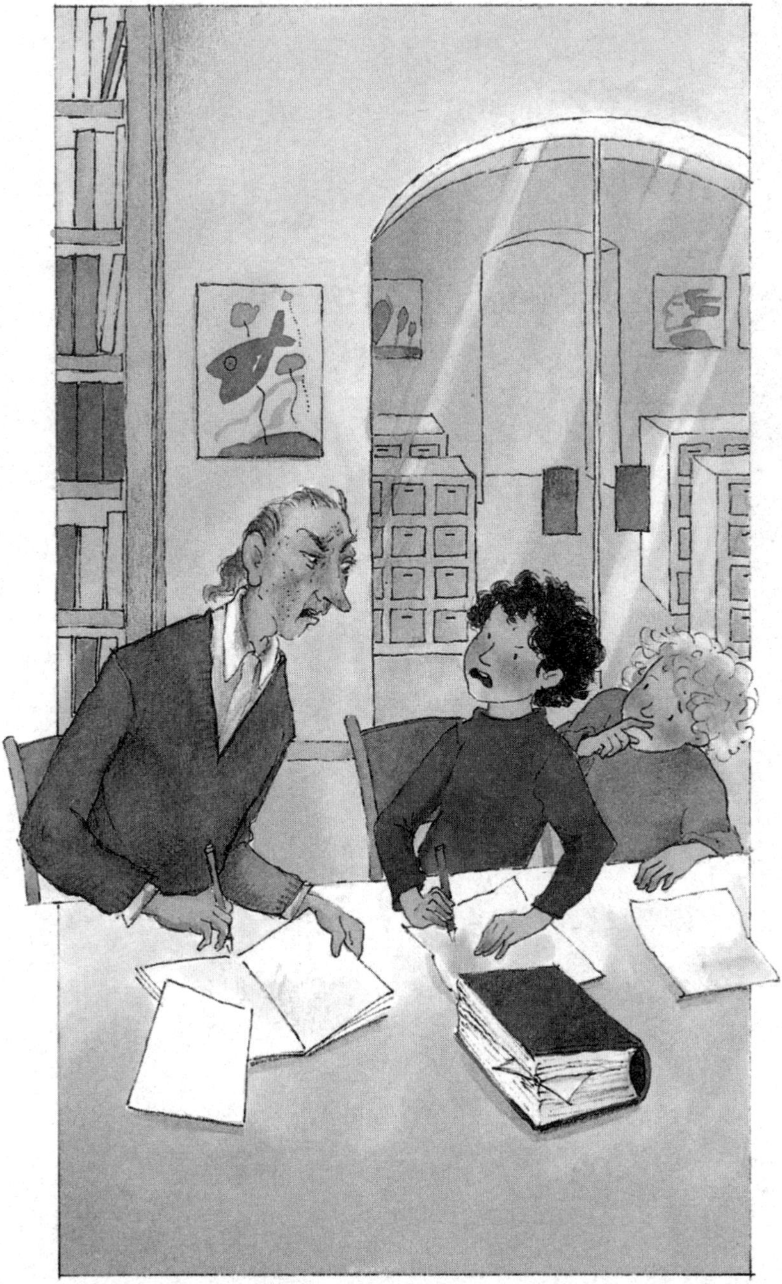

国际大奖小说

比如:"我的爷爷叫林多罗,是罗西尼①作品中一个人物的名字,因为他的妈妈喜欢抒情歌剧。"

又比如:"我的妈妈是一位舞台剧演员,长得很漂亮。她在舞台上表演时,会穿着缎子做的衣服,上面沾满了假的血,音乐悲伤得让人想哭。"

但那时候,艾米还没有出生,更没有发生一系列奇怪的事情。

"我的妹妹是一个很特别的人"爱莲这样开头,接下来,她描述了所有关于艾米奇怪的事情,从她的红色头发,到镜子事件,到扫帚事件,再到说话的鹦鹉和猫。

蕾娜塔已经厌烦了在地图上标出大西洋区所有河流的名字,她时不时地偷瞄一下鲁巴,看他是否已经读

---

①焦阿基诺·安东尼奥·罗西尼(1792—1868)意大利作曲家,19世纪上半叶意大利歌剧三杰之一,代表作《赛维利亚的理发师》《奥赛罗》等。

完了《麦克白》。

终于,他把书放在了一边,拿起了另外一本,并开始在笔记本上飞快地写着。蕾娜塔拿起《麦克白》读了起来:

沼地蟒蛇取其肉,

脔以为片煮至熟,

蝾螈之目青蛙趾,

蝙蝠之毛犬之齿,

蝮蛇如叉蚯蚓刺,

蜥蜴之足枭之翅,

炼为毒蛊鬼神惊,

扰乱人世无安宁。

"真是一个奇怪的食谱啊。"蕾娜塔皱着眉头想,"难道这就是他看这本书的原因?我还是从头看起吧。"

这出悲剧是以一场暴风雨开始的。雷声阵阵,夹着

国际大奖小说

闪电,三个女巫、一只灰猫和一只癞蛤蟆。女巫先说了一段话,然后在雾蒙蒙的荒野上消失了。接下来是一个国王和他的士兵们说着一些蕾娜塔听不懂的话,因为很多词语她根本不认识。

"我得查查字典。"她想,"但是,读这本书有什么意思呢?"她感觉有些无聊,在椅子上晃来晃去。

"你可以不动吗?"突然,鲁巴粗鲁地说,蕾娜塔闻到一股难以忍受的臭味儿。

"我马上走。"蕾娜塔憋住气说道,"爱莲,你也走吧,回家里写作业吧。"

"我已经写完了。"爱莲从椅子上滑了下来,边说边挥着手里写得漂漂亮亮的本子,却忘了带走一开始打的草稿。而鲁巴却注意到了这个草稿本。

"没教养的小鬼!"他高声地说,"怎么能允许这个年纪的小鬼到图书馆里?!看看,小姐,她们还把废纸留在

桌子上！"

"啊，真的吗？"图书管理员小姐露出谄媚的笑容。

鲁巴继续把头埋在皱巴巴脏兮兮的笔记本里，时不时在一些句子下面重重地画上横线。

他在笔记本上是这么写的：

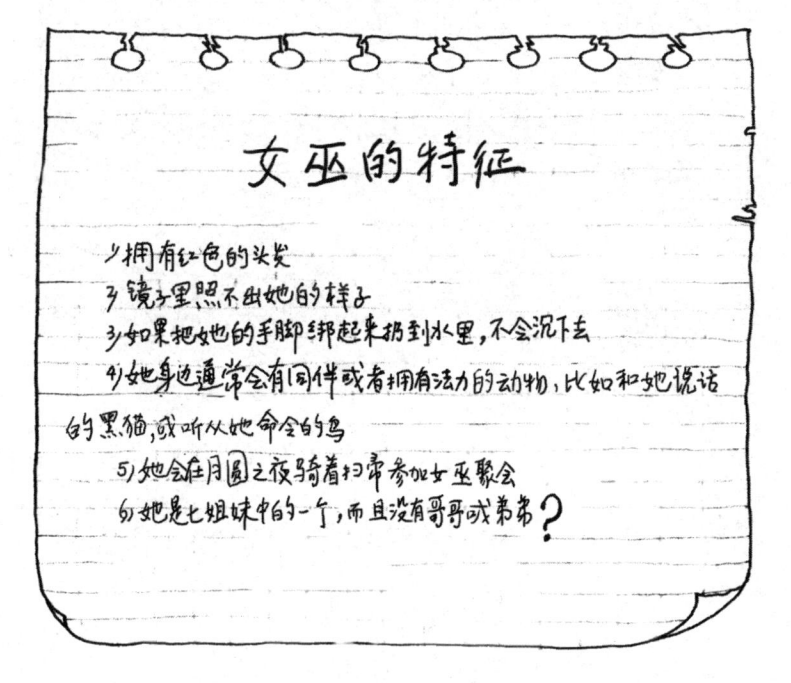

女巫的特征

1) 拥有红色的头发
2) 镜子里照不出她的样子
3) 如果把她的手脚绑起来扔到水里，不会沉下去
4) 她身边通常会有同伴或者拥有法力的动物，比如和她说话的黑猫，或听从她命令的鸟
5) 她会在月圆之夜骑着扫帚参加女巫聚会
6) 她是七姐妹中的一个，而且没有哥哥或弟弟？

国际大奖小说

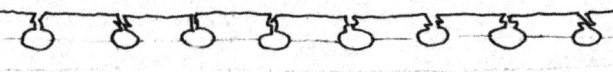

减弱女巫力量的方法

一旦确定她是女巫,任何一种偷袭她的方式都是合法的。比如,阴险的计谋,暴力和谎话。一旦抓住她,就要把她关进一个潮湿阴暗的地方,连续两个星期不给她饭吃。然后,用浸过海水的柳树枝狠狠地抽她十三下。再用蜡烛烫伤她的大脚趾,然后威胁要把她扔进湖里。在这个时候,就可以命令她做任何事情了。

在第六个特征的旁边,鲁巴画了一个问号,因为这个特征他还没有完全确定。事实上,这是在一本非常古老的书上发现的,那本书的书页都发霉褪色了,有的页还被老鼠啃过。因此,有些句子是零碎的,鲁巴还不知道怎么找到遗漏的要点。

第十一章

鲁巴找到了线索

写完最后一个潦草的词语,鲁巴放下了笔,粗暴地合上了最后一本关于黑魔法的书,书上的灰尘飞了起来。他用力地抓抓头,书上落下了厚厚一层白色的头皮屑。

他又气又恼,心想:"就算知道怎么辨别女巫又有什么用呢?!我怎么才能找到一个真正的女巫呢?"

离叔公塞姆设定的期限越来越近了,只剩下一个月了,短短的三十天,要去找到一个女巫,追求她(但愿她未婚),说服她和自己结婚。如果这一切都不成功,他就

国际大奖小说

要和那一大笔财产永别了。

现在的鲁巴再也不像以前一样整天无所事事了。相反,每天他都忙忙碌碌的。他在报纸上登广告,还雇了几个私家侦探,甚至亲自到流传着女巫谣言的地方去找人,但一切都没有用。

亲爱的读者们,你们一定可以想象,这些日子以来,鲁巴有多紧张多害怕,从他下巴上那越来越多的痘痘就知道了。

正当鲁巴坐在图书馆里失望地抓着脑袋的时候,他的目光忽然落在了爱莲的草稿上。

图书管理员小姐感到了一种沉闷的气氛,她看到"黑魔法年轻人"(现在图书馆里所有的人都这么称呼鲁巴)疯狂地用红笔圈了几个句子。

鲁巴简直无法相信自己的眼睛。"这下没问题了。"他心想,"这上面写的就是一个女巫。看上去还是一个年轻的女巫,说不定是刚才那些小鬼的姐姐,不过这上面没有写她有没有结婚……"

爱莲的确没有写,因为艾米还只是一个一岁的孩子,可怜的鲁巴怎么能预料到会是这种情况呢。像他这样缺乏想象力的人,怎么可能想到就算女巫存在,也有可能是年龄很小的女巫呢。只因为他自己想要找一个女巫结婚,就会有一个年轻的未婚女巫等着嫁人吗?!真是个没头脑的家伙!

第十二章

填字游戏

亲爱的读者们,你们肯定不明白,为什么泽普家就没有一个人怀疑艾米呢?为什么小家伙奇怪的行为,特别是她骑着扫帚飞来飞去这点,就没有让大家联想到她可能是一个女巫呢?

亲爱的读者们,你们的想法很有道理。但是泽普一家都生活在现代,受过良好的教育,他们已经习惯用科学的态度看世界了。他们不相信迷信,对童话和传说也不感兴趣,特别是关于女巫的传说,他们一点儿也不知

道。

与查阅魔法书相比,他们有更多重要的事情要做!

唯一一个对艾米产生怀疑的人是迪奥,但她并没有觉得艾米的行为奇怪到不能接受。因为身为一个出色的保姆,她相信每个孩子都是与众不同的,大人们应该接受现实。

让她产生疑问的是在度假时做的填字游戏。迪奥很有想象力,她喜欢做报纸上的填字游戏,也喜欢把自己设计的填字游戏寄给报社。

一天下午,迪奥在躺椅上晒太阳,她决定用孩子们的名字设计一个填字游戏。她先设计的是纵行。亲爱的读者们,你们也试试看吧。

"阿姨,你在做什么?"在一旁边晒太阳边喝着薄荷牛奶的赞卡问道。

"你看,把小姑娘们名字的第一个字母按年龄顺序

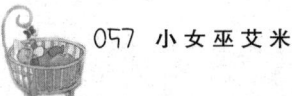

国际大奖小说

排列,组成了一个词——女巫①!这难道是她们的父母故意安排的吗?选名字时,没有注意到吗?"

	1	2	3	4	5	6	7	8	9
1	S	I	B	I	L	L	A	■	
2	T	H	A	B	I	T	A	■	
3	R	E	N	A	T	A	■	■	
4	E	L	E	O	N	O	R	A	■
5	G	I	N	E	V	R	A	■	
6	H	I	L	D	E	G	A	R	D
7	E	M	I	L	I	A	■	■	

"我觉得没有,"赞卡想了想说,"这不是他们的性格。我想,这只是一个巧合。"

"我觉得很奇怪,也许这是个偶然,但这里真的可能暗示着什么。"

"阿姨,这不可能!别想这些事情了。"赞卡边说,边

---

①streghe 在意大利语里是女巫的意思。

把写着名字的纸揉成团儿,放到了口袋里,"您快坐到遮阳伞下吧!这太阳太毒了,晒得您竟说些奇怪的话。"

迪奥微微笑了一下,很快就忘了这件事儿。

几天以后——确切地说是鲁巴有大发现的那一天,迪奥回家了。此时,她早把自己发明的字谜忘得一干二净了。

就像前几次休假回来一样,所有的房间都乱糟糟脏兮兮的,水盆里堆满了脏盘子,花园里全是杂草,洗衣机里堆满了脏衣服,冰箱里空空的什么都没有,池子里的金鱼吃了太多的饼干都快撑死了。

面对眼前的一切,迪奥并不是很惊讶,因为她早已经习惯了。但让她没想到的是,她最喜欢的蕾娜塔和爱莲变了模样,两个小女孩儿都剃了光头,她们的小脑袋好像两个光溜溜的球。喜碧拉也变了样子,她把头发染成了红色,甚至比艾米的还要红。

国际大奖小说

迪奥双手叉在腰间,生气地问:"你们怎么成了这样?"

爱莲回答道:"都怪塔碧塔的化学实验。"

作为姐妹们中的小科学家,塔碧塔在爸爸妈妈离开家后,就用花园里的野草和一些连名字都忘了的化学药品发明了一种染发剂。她本来想利用家里每一个人做实验,但是爷爷不愿用仅剩的几根头发冒险,也不让她碰年纪较小的几个女孩子。于是,她们仨成为了实验的牺牲品。

"你们可以自己选择,但我希望你们别做傻瓜!"爷爷曾告诫过她们。

很显然,塔碧塔的实验并没有成功:喜碧拉的头发变成了红色,这个还说得过去;爱莲的头发变得像豌豆一样绿;蕾娜塔的头发紫得像太阳落山时的晚霞。

塔碧塔安慰她们:"别担心,这个效果只是暂时的。"

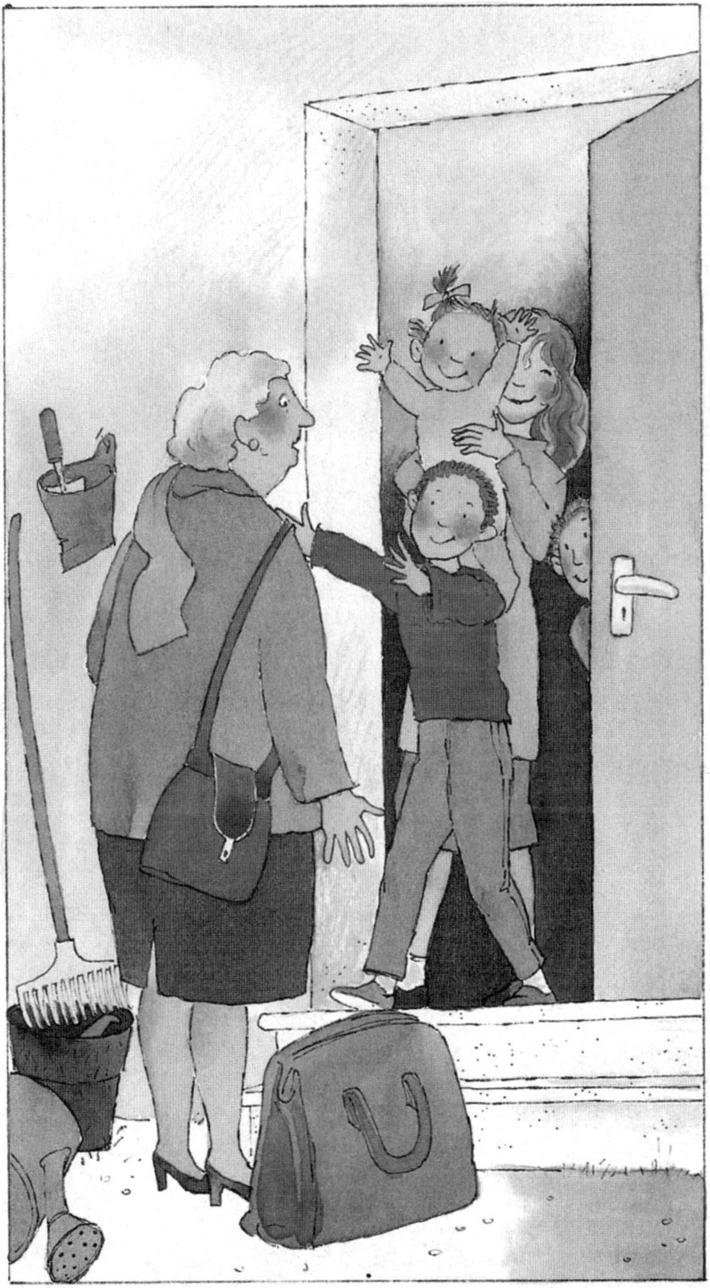

国际大奖小说

但这次爱莲和蕾娜塔再也不相信塔碧塔了。她们不愿意顶着这样的头发出门,可又没有找到任何方法恢复原来的颜色。

"是这样啊。"迪奥说,"这可怎么上学啊?"

"我们不去上学了。爷爷已经答应给我们开一个证明,说是家庭的原因,暂时休学几日。同学们会给我们打电话布置作业的,我们在家写就可以了。"

"真是个绝妙的主意!你们这些小笨蛋,竟然听信塔碧塔的!真该打你们几下。"

"她们已经接受惩罚了。"爷爷替孙女们求情,"你想想,要待在家里整整两个星期,没有小伙伴,不能看电影,不能骑自行车,不能游泳,也不能去图书馆,这不就是惩罚吗?"

"好吧,好吧!"迪奥消了消气说,"就算是给你们一个教训吧!"

第十三章

可怕的误会

现在我们回到鲁巴这儿,他正在被一个难题折磨着。

"这篇作文到底是真的还是编出来的?"他自言自语道,"难道她真的有一个红头发的姐妹可以骑着扫帚飞来飞去?还是这个小鬼编了一个故事去骗老师?"

鲁巴决定马上去调查一下这件事。

"这两个孩子经常来图书馆,"鲁巴心想,"图书馆里的人肯定认识她们,说不定还知道她们的家人。"

国际大奖小说

就这样,图书管理员小姐兴奋地看着鲁巴神神秘秘地朝自己走来。

"天哪!太让人激动了!"她想,"他一定是来找我约会的。"

亲爱的读者们,我想你们一定知道她猜错了。鲁巴是来打听刚刚出去的那两个小女孩儿有没有姐姐的。

"我当然知道,她们有姐姐。"图书管理员小姐酸溜溜地说,"她们有两个姐姐,一个比一个冷漠。"(她是因为嫉妒才这么说的,却不知道这些女孩子都还没满二十岁呢。)

鲁巴追问道:"那她们是什么样子的?我的意思是,她们的头发是什么颜色的?"

"一个人的头发棕色偏黑,像乌鸦的颜色,难看极了……"这当然指的是塔碧塔。

鲁巴不耐烦地问:"那另一个呢?"

Streghetta mia

"这儿的人都说她是金色的头发。可以想象,一定是个漂亮姑娘,就像电视里唱歌或跳芭蕾舞的女孩儿。"嫉妒的图书管理员小姐吞吞吐吐地说,"但是,我不知道……也许金得发白……反正,我不建议您去追求她,因为她真是一个女巫!"

说完,她舒了一口气,好像除掉了一个情敌似的轻松。

鲁巴这会儿却高兴得像飞上了天。他已经开始想象自己手里抱着塞姆先生的遗产时的情景了:虽然很沉很沉,却一点儿也不觉得累。整个人都感觉飘飘然了,就像是一个吹得大大的红气球慢慢地飘到空中。

"你可以告诉我她叫什么名字吗,还有她的地址?"鲁巴没礼貌地问道。他完全没有发现图书馆小姐因为伤心和嫉妒开始哭了起来。

"我不知道。"图书管理员小姐生气地答道。

国际大奖小说

"那两个小鬼,我是说,那两个小女孩儿有没有来图书馆登记过……"鲁巴感觉自己越来越接近目标,不想轻易放弃。

图书管理员小姐更生气了,吼道:"够了!您走吧!"

正在读报纸的几个老人听到后,用斥责的目光看着他们。赞卡恰恰在这时回到了图书馆。

第十四章

牛打小女巫

聪明伶俐的赞卡走了过来,安慰了可怜的图书管理员小姐,让她去用凉水洗洗脸。他耐心地听完了鲁巴的要求,然后坚决表示这些信息不能随便透露。如果鲁巴想知道她们姓什么,住哪儿,必须亲自去问。只有女孩儿们自己才有权利决定要不要告诉别人。事实上,赞卡知道这两个小姐妹讨厌鲁巴,并不愿意和他接触,所以赞卡决定最好不要过多地干涉这件事儿。

鲁巴痛苦地接受了这个事实,他决定明天再来等这

国际大奖小说

两个小女孩儿。当然,他不会告诉蕾娜塔和爱莲自己这么做的原因,而是要跟踪她们,找到她们的家,看看她们到底和谁住在一起。

第二天,两个小女孩儿没有来图书馆,而且接下来的一整个星期都没有出现。

就连赞卡也不明白为什么,因为迪奥没有告诉他关于塔碧塔糟糕的实验和可怕的后果。而此时的鲁巴非常焦急,因为在他身边就有一个未婚女巫,他却不知如何下手!要知道,时间越来越少了!

第七天,老天终于帮了鲁巴一个忙。赞卡上厕所的时候,在桌子上留下了登记的本子。鲁巴悄悄地走过去,心想:"或许我能找到那两个小鬼的地址。"可本子上只有书的名字、价格和图书馆采购的时间。

但是,从赞卡的口袋里滑出的一张小纸条被鲁巴看到了。他一脚踩住,瞄了一眼,高兴得跳了起来。纸上写

Streghetta mia

着：streghe（女巫）。下面是一串名字。

鲁巴兴奋极了，他简直不敢相信自己的眼睛。他快速地把纸片捡起来，回到自己的座位仔细地研究。

天哪！这个狡猾的家伙不仅了解了那两个小鬼的姐姐，还认识了她们的几个姐妹。"或许她们都是女巫呢。名字写得清清楚楚，根据我前一段时间看到的书，这全都是女巫的名字。"鲁巴推算着。

亲爱的读者们，你们一定猜到了吧，这就是迪奥写的那张纸条！

鲁巴心想："太好了！赞卡真是个蠢家伙！但是，我该怎么假装对此漠不关心呢？"

"您掉了这个东西。我不小心踩了一脚。"赞卡一回来，鲁巴就假惺惺地说，"但愿这不是一个重要的文件。"

"不，不是的，瞧您说的。"赞卡笑了笑，"这只是我阿姨乱写的东西。她喜欢玩填字游戏。上面写的都是她照

看的小女孩儿的名字……不好意思,我要去打个电话。"

鲁巴的脑筋飞快地转起来。

"她照看的小女孩儿?这位阿姨肯定很熟悉她们,说不定是她们的亲戚。她们到底住在哪儿呢?这个世界太不公平了!难道真要让我连一个女巫都找不到,眼睁睁地看着钱溜走吗,真该死!而那个白痴图书管理员却认识半打女巫!"

赞卡打通了电话:"喂,是泽普家吗?是你吗,阿姨?你们一切都好吗?最近是流行麻疹吗?为什么一个星期我都没看到蕾娜塔和爱莲呢?"

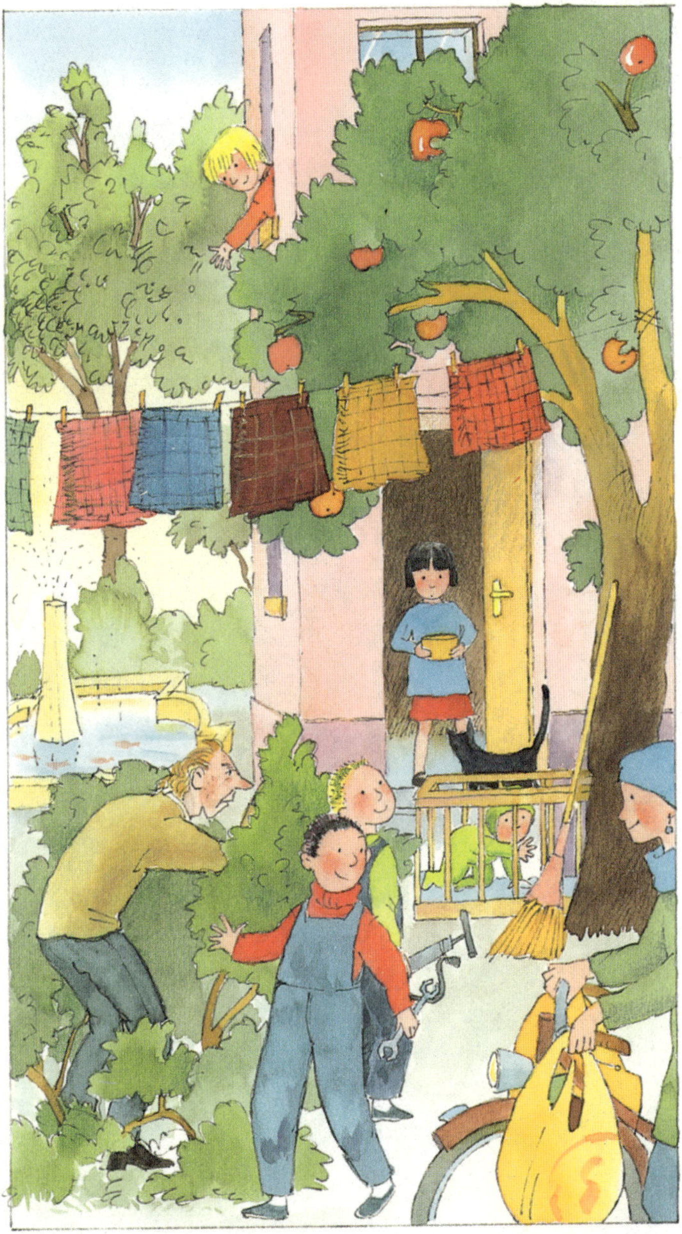

第十五章

红头发的女孩儿

鲁巴没有继续听赞卡打电话。他急忙跑到图书馆前面的酒吧里，找服务员要过电话簿仔细翻着。在电话簿上，他果然看到了泽普一家的联系方式。泽普一家住在离图书馆只有一百米的地方，乔瓦纳大街十三号。

鲁巴没有浪费一点儿时间，知道泽普家的地址后，他偷偷地从泽普家打开的大门溜了进去，躲在花园的灌木丛后面。

他的心紧张得怦怦直跳。"冷静，冷静，鲁巴。"他自

国际大奖小说

言自语道,"要记住,你要请求她嫁给你,你要给她留下一个好印象,你要征服她。"

事实上,他已经决定,万不得已再采取绑架行动。这并不意味着鲁巴内心还存着一份善心,而是因为他担心万一面对一个不听话的女巫,自己还没找到一个合适的地方把她关起来。

再说了,既然她要做自己的妻子,最好还是在她心甘情愿的情况下,不然在以后的婚姻生活里,两个人也不会幸福的。

"但是如果她不欣赏我的魅力,我也绝不能犹豫,必要时,我会采取一些强硬的手段!"他一边想一边嚼着香烟的过滤嘴。

现在正值三月份,天气很好,在围墙边靠着七辆女式自行车,式样从小到大都有。

"女巫是七姐妹中的一个,没有哥哥或者弟弟!"鲁

Streghetta mia

巴兴奋地想,但他根本没想到最大的那辆自行车是迪奥的。在房子的另外一个角落里,还有一辆男式自行车和一辆艾米的小推车。

鲁巴一眼瞄到了晾衣绳上的七条苏格兰格子裙。

这时,从屋子里传来了女孩子的声音:"我们在这儿,我们在这儿!"

鲁巴暗暗高兴。他不知道,那些裙子是爷爷的。他年轻的时候演过几年《拉莫梅尔的露琪亚》(一部发生在苏格兰的抒情歌剧)。爷爷特意保存了这几件剧服作为珍贵的纪念。

就在这天,迪奥把它们晾了出来,晒晒太阳,去去樟脑丸的味道。

鲁巴的视线又落到了大门边儿的扫帚上,扫帚的柄很粗,还是一节一节的。

"我的付出终于要有回报了。"鲁巴高兴得快要飞上

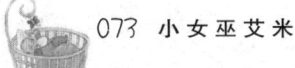

国际大奖小说

天了,等一会儿他将见到他渴望已久的"女巫",骑着她神奇的"坐骑",带自己一同飞到婚礼的殿堂。

这个少女到底是怎样的人,对于鲁巴来说,一点儿也不重要。无论她是笨的还是聪明的,温柔的还是坏脾气的,美丽的还是丑陋的,这都没关系。他唯一关心的是五百亿里拉的遗产。

他甚至不愿花工夫去想女巫的样子。因为他只想凭头发的颜色认出女巫来就可以了。

第一个从家里出来的是塔碧塔。她手里拿着两个大袋子和一张小纸条,那是一张购物单。在骑上自行车之前,她又看了一眼购物单,然后朝超市的方向骑去了。她可爱的棕色鬈发飞舞在空中。

"棕色的鬈发……不是她。"鲁巴心想,然后朝地上弹了弹烟灰。这已经是第十五根香烟了。

接下来出现的是吉娜。她向门外探出头,然后把一

盆给小猫斯特准备的牛奶放在台阶上。"第二个了！但还是棕色头发的，而且看上去年龄太小了……"

下一个，无论是年纪还是头发的颜色，又都让鲁巴失望了，那是希尔达。她从阳台上探出头来，往花园的鱼缸里扔饼干屑。

"第三个还不是！"鲁巴耐心地等着剩下的四个姐妹。

车库的门打开了，出来了两个"小伙子"，只见"他们"手里拿着扳手和自行车的打气筒，穿着脏兮兮的浅蓝色工作服，顶着一头短发，一看就知道是刚长出来的。

"两个男的。"鲁巴失望地想，"那个女巫应该是七个姐妹中的一个，所以必须七个都是女的。"

他的双腿因为巨大的失落而软了下来，一阵轻微的头晕让他颤了几下。在这个时候，两个"小伙子"从他身边走过，完全没有发现藏在灌木丛后的鲁巴。

国际大奖小说

鲁巴却可以看得清清楚楚,在离自己只有一步之遥时,他看清了那两个"小伙子"的面貌,也听出了那就是图书馆遇到的两个小鬼的声音。见鬼了!她们竟然打扮成这样!差一点儿,就让鲁巴彻底误会了。

总之,她们在花园里的现身让鲁巴更加确定了:追踪泽普一家是正确的!鲁巴感到自己又活了过来,有希望了。

"已经五个了!"鲁巴松了口气,往地上又弹了弹烟灰。这已经是第二十根了。

突然,一把扫帚飞快地从他眼前飞过。

"喂!也不看看这是在哪儿。"迪奥生气地说,"没礼貌的家伙!要吸烟的话,把烟灰丢在自己家里!在我们的花园里做什么呢?!快滚!出去,出去!快滚!"

当迪奥把鲁巴赶出大门的时候,他心里数道:"第六个!"然后想:"这不可能是第六个妹妹。她年纪太大了,

Streghetta mia

而且头发是灰色的,不是红色的。不过,她挥舞扫帚的速度可真快啊。至于头发,我还是谨慎一些,因为在这个家里有人会乔装打扮。"于是他偷偷地靠近迪奥,打算抓一缕头发看看究竟。为了弄清楚到底是不是假发,他用力地一拉。

"没礼貌的家伙!"迪奥大叫起来,给了鲁巴一个耳光。

"救命啊!"鲁巴呻吟着,嘴巴张得大大的。

"你该刷刷牙了!"迪奥怒气冲冲地说道,然后用力把门关上,插上插销。

鲁巴害怕得缩成一团,躲在街道的路灯后面。"为了那笔钱,我要受多少罪啊!"他低声嘟囔着。但是他仍旧决定等最后的两姐妹出现。因为他猜想其中的一个,必定是他命中的女巫。

一会儿,大门吱吱嘎嘎地开了,是爷爷出来倒垃圾。

国际大奖小说

"他对我来说,无关紧要。"鲁巴越发地紧张起来。

在街道的一头响起了自行车的铃声,"丁零丁零"。在拐弯的地方,出现了一个美丽的女孩儿,她神气地踩着车,车把上挂着两个沉甸甸的购物袋,头上戴着一顶浅蓝色的羊毛帽子,脖子绕着同样颜色的围巾。

"我喜欢这样的未婚妻。"鲁巴想,"可惜她和泽普家没有任何关系。"

鲁巴已经看到过塔碧塔了,他以为塔碧塔是泽普家唯一负责购物的女孩子。他没想到这么一个大家庭,靠一个孩子骑车买来的食物肯定是不够吃的。

所以当他看到那个女孩子在十三号门口停下来时,大吃一惊。那个女孩子熟练地把车停在了门口,走了进去,然后把门关好。她用一只手把自行车推进了花园。进门前,她用另一只手摘下了帽子,抖了抖肩膀,满头的红发散落下来,美丽极了,像是秋天的火焰。

Streghetta mia

看呆了的鲁巴自己绊了自己一跤,一头撞在了灯柱上,头上立刻拱起了一个大包。

"怎么那个家伙还在那儿!"迪奥大叫着,冲到门外,一把抓住鲁巴的领子,把他拎起来,使劲儿地摇了摇又把他扔到大街上,还在他背上狠狠地踢了一脚。

鲁巴摇摇晃晃的,感觉天旋地转,好像有很多只小鸟在耳边喳喳地乱叫,眼前的"金星"一闪一闪的,非常灿烂。但实际上,现在刚刚是下午五点。

他感觉自己完成了一件非常了不起的事情:不仅找到了能帮他解决遗产问题的女巫,还……

"不仅仅如此!不仅仅如此!"鲁巴兴奋地想,高兴得快发疯了。

在他无聊的生命里,鲁巴第一次陷入了爱情。他爱上了喜碧拉,那个披着红发的女孩儿,那个能帮他将期待已久的遗产拿到手的女孩儿。

国际大奖小说

多幸运啊!

发生刚才那一幕的时候,艾米正在苹果树下的小围栏里走来走去,伸长了手臂想要抓住扫帚。她穿着绿色的衣服,头上戴着一顶一样颜色的小帽。帽子遮住了她的头发。

鹦鹉奇多停在围栏上,猫咪斯特蹲在栏杆旁,毫无表情地盯着闯进来的陌生人,没有对他采取任何行动。

可怜的鲁巴!当天晚上,他兴奋得都没闭上眼,他感觉自己的磨难终于要到头了。由于老鼠啃过他借来的魔法书,粗心的鲁巴忽略了一个最重要的细节,就是他自己打问号的地方:一个女孩子,如果是女巫,她不仅要有六个姐妹,还应是姐妹中最小的一个。

第十六章

坚持不懈的追求

第二天早晨,鲁巴决定好好儿打扮一下自己,去征服梦中的女孩儿,他要说服女孩儿嫁给自己,这件事情越早办完越好。

野心勃勃的鲁巴陷入了爱情之中。于是,他穿上了自己最体面的一套衣服,在头上抹了一整瓶头油,而且三年来第一次匆匆刷了刷牙。

然后,他来到一家花店,和老板讨价还价了很久,买了一大束红玫瑰,还在自己的衣服扣眼里插了一枝。一

国际大奖小说

切都整理好了,他来到乔瓦纳大街十三号的门口。除了爱莲、蕾娜塔和艾米,其他的女孩子都去上学了。爱莲和蕾娜塔戴着帽子,在花园里给水仙花施肥。

艾米也在花园里,她穿着红色的衣服,裹得严严实实的,待在树下的围栏里,晒着冬天的太阳,像平时一样,鹦鹉和猫咪陪着她。

鲁巴也和前几天一样,躲在一旁,没有引起她们的一丁点儿注意。

到了下午一点,鲁巴终于听见了从街上传来的泽普家女孩儿们的笑声和说话声。他看到塔碧塔跑了进来,后面跟着喜碧拉,她牵着两个背着书包的小妹妹。鲁巴恨不得此时能有四只眼睛一起看,因为剩下的时间不多了,他绝不能让机会溜走。

他突然跳了出来,拦住了女孩子们的路,深深地鞠了一躬,把花捧到喜碧拉面前,急促地说:"小姐,请您接受这份不能与您的美丽相媲美的礼物!我把我的心和玫瑰一起放到您的脚下。"

兴致勃勃的希尔达和吉娜朝地面看去,但喜碧拉的脚边什么都没有。

希尔达说道:"骗人!"

吉娜也说:"您简直疯了。"

"抱歉。"喜碧拉说,"我不明白您在说什么。您可以解释得更清楚点儿吗,先生?"

"小姐,"鲁巴深情地说,"您美丽极了,您是我见过的最美丽的小姐。从我第一眼看到您开始,我就爱上您了,爱您爱得快要发疯了。您愿意嫁给我吗?"

"但是我不认识您……"喜碧拉表示坚决的反对。

"您说得有道理。我向您自我介绍一下:我叫鲁巴,是过世的巨富塞姆先生唯一的继承人。您嫁给我吧,您也会变成百万富翁的。"

国际大奖小说

"但是我只有十四岁!"喜碧拉说,"我必须上学,我要去攻读空间考古学……"

"别说傻话了!漂亮的女孩子不会浪费时间在学习上的!她们只想着快点儿结婚,最好是和一个非常有钱的年轻人结婚,就像我这样的。"

喜碧拉鄙视地看了他一眼,什么也没说就带着妹妹们穿过了花园。

"您等一下!"鲁巴大叫,"您不要这么做!请至少告诉我您的名字!是叫巴娜里吗?还是奥佳?或者奥拉拉?"

但是喜碧拉完全没有理会鲁巴,重重地关上了大门。

希尔达在午餐时向家人宣布:"喜碧拉有了新的战绩哟!"

塔碧塔问喜碧拉:"你为什么不告诉他,你喜欢的是康尼呢?"

Streghetta mia

"因为这和他没关系!和你也没关系。"

"安静!安静!"迪奥一边盛汤一边不屑地说。她一直希望,在适当的时候,喜碧拉能和她的外甥赞卡结为夫妇。

这天晚上,在乔瓦纳大街十三号泽普家的窗下,一个奇怪又哀怨的声音响了一整夜:"巴娜里!奥佳!艾德!奥拉拉……"

喜碧拉很努力地试着入睡,但怎么也睡不着,因为迪奥一整夜都在床上不停地翻来覆去,显得非常烦躁。迪奥不能入睡不只因为这声音,还因为一个奇怪的想法不停地在她的脑海中浮现——迪奥总感觉听过这个词,但是她想不起来是什么时候在哪儿听过了。迪奥感觉很不好:"我不是老糊涂了吧?难道我以后再也做不了填字游戏了?"

"伊荷利!利特维!奥拉拉!"鲁巴依旧不停地叫着。

国际大奖小说

爷爷林多罗披上睡衣,走到窗边往下望去。但黑夜里,他什么也看不见。他也更不会将白天在花园里偷窥的陌生人和这个在路灯下手捧着凋谢了的玫瑰花不断摇晃的黑影联系在一起。爷爷回到床上,接下来的时间里丝毫的睡意都没有了。

第十七章

不放弃的鲁巴

第二天的午餐时间,喜碧拉收到了一束巨大的黄色郁金香和一个绸缎内衬的小盒子,里面装着一枚钻石戒指。

"所有女人都着迷于珠宝的魅力。"鲁巴心想,"从那颗钻石的大小上,她就会明白我真诚的爱,也会明白我确实是一个非常有钱的男人。"

到现在还不知道心上人名字的鲁巴把他的礼物直接寄到了喜碧拉家里。

国际大奖小说

"致披着迷人红发,耐心地听我告白的美丽少女。"

"耐心地听着,蕾娜塔。"喜碧拉愤怒地吼道,"我可没收他的花,还当面把他赶了出去!"

蕾娜塔好奇地问:"那你打算怎么处理这戒指呢?"

迪奥坚决地说:"你当然要还给他!"

"我该怎么还呢,我不知道他叫什么,也不知道他住在哪儿。"喜碧拉很苦恼。

爷爷对她说:"不用担心,他还会再来的。"

第二天,鲁巴真的到学校门口等喜碧拉。

"果真是他!"喜碧拉一看到鲁巴还没等他开口,就把手伸进口袋里,从里面掏出了用纸巾包着的戒指,放到了鲁巴的手里。

"我不喜欢珠宝,"喜碧拉硬生生地说,"也不喜欢像您一样的年轻人!"

"可是我爱您啊!"鲁巴反驳道。

"很抱歉,我不爱您。请您不要再打扰我平静的生活了。"

"但是我不能没有您!我一定要和您结婚!越早越好,现在已经没有多少时间了。"

喜碧拉听完,忍不住笑了。

"您别说胡话了。您没看到我还是一个小女孩儿吗?您去找另一个爱您的人吧,不要再来找我了。"

鲁巴又失望又生气,他试图辩解,但还没等他开口,喜碧拉已经跟着一大群同学走了,留下伤心的鲁巴一个人在那里痴痴地待着。

第十八章

鲁巴采取了暴力手段

怒气冲冲的鲁巴决定改变他的计划,他不愿意浪费时间去追求这个故作矜持的女孩儿了。距遗嘱规定的一年零一个月的时间,只剩下十八天了。

"既然她不愿意接受我友善的举动,我只好采取一些不友善的方法了。这都是她的错,我本来的出发点都是好的。"

现在,鲁巴需要一个囚禁女巫的地下室。他记得,在图书馆的小花园里可以看到铁栅栏围着的一排小窗户,

Streghetta mia

那儿是一个巨大的地窖,堆满了等待修复的旧书。被鲁巴深深伤过的图书管理员小姐替代了年纪比较大的图书管理员,她现在负责登记。鲁巴故意讨好她,以便从她手里拿到地下室的钥匙。他的这一想法终于成功了。接着,他还想办法弄到了一桶海水、一条柳条鞭子。

"现在,我们两个就可以永不分离了,笨女巫!"

发生了之前一系列的事儿后,迪奥因为剧烈的背疼从梦里醒了过来。

"该死的关节炎!"迪奥疼得哭了起来,"我都没办法自己起床了,偏偏今天还要带艾米去做例行检查。"

"你别担心。"喜碧拉对她说,"今天我就不去学校了,我带艾米去吧。你躺在床上好好儿休息。"

喜碧拉帮艾米洗脸,梳头,穿好衣服,把她放到小推车里。鹦鹉奇多和猫咪斯特已经在大门口等着了。

"噢,不行。"喜碧拉说,"今天你们两个都不能去。可

国际大奖小说

怜的医生已经知道艾米浮在水上这些奇怪的事情了,难道你们想让他觉得我们家是一个马戏团吗?"

"走,走,你们回厨房去。"爷爷说,"不要这么难过,不要抢小艾米了。过两个小时,她就又回来了。"

奇多和斯特可怜兮兮地呜呜叫着,伤心地给喜碧拉和艾米让了路,喜碧拉把小车推出了大门。

对于即将到来的危险,喜碧拉一无所知。她轻快地走着,路过图书馆,走到公园的小路上,想抄近路到达医院。

在这个清晨时分,公园里空无一人,鲁巴突然从灌木丛后面钻了出来,拿着一张马戏团对付野兽用的网。喜碧拉害怕得尖叫起来:"救命!救命啊!"

令人厌恶的鲁巴狂笑着朝喜碧拉靠近,但没有一个人听到她的呼喊,也没有一个人看到这个场景。

出于本能的反应,喜碧拉弯下腰把艾米从小推车里

Streghetta mia

抱了出来,紧紧地搂在怀里。就这样,大网罩住了她们两个人。鲁巴有点儿失望,因为他只打算抢走喜碧拉,至于小艾米,就让她一个人留在公园里自生自灭吧。但现在已经没有时间解开网,把艾米扔出去了。

"蠢女人,你想要这个吗?"鲁巴说,"现在这个小笨蛋不得不跟着你一起到我精心准备的'爱的小巢'里去了。"

图书馆的地下室很黑,结满了蜘蛛网。书摞得很高很高,一直堆到了天花板,散发着难闻的霉味。漆黑的角落里传来了沙沙声,很显然,那是老鼠的叫声。

鲁巴早就在窗户上钉了几块木板,以防外面的人看到地下室里发生了什么。他觉得现在已经万无一失了,就把艾米从网中拽了出来,放到一个很大很大,以前用来装百科全书的盒子里。

"你待在那儿,不许说话!"鲁巴粗暴地对艾米说。

国际大奖小说

"咯咯!"艾米回答道。

"闭嘴!不然我就揍你!"

"如果你敢伤害我的妹妹,我会把你的脸撕开!"尽管知道没有用,喜碧拉还是勇敢地反抗着。

"你试试看!"鲁巴怒吼道。接着,他用一条粗绳子把喜碧拉紧紧地捆了起来,包得像一根香肠,然后绑在了一根铁管子上。

"最后一次问你,你愿意和我结婚吗?愿不愿意?"鲁巴用威胁的口气说。

"绝不!"喜碧拉猛烈地晃动身体,试图获得自由。

铁管上面满是铁锈,在喜碧拉的剧烈摇晃下,铁管突然断裂了,一股强大的水流喷了出来,灌到地下室里。

图书馆三楼的卫生间里,赞卡伸出涂满肥皂的双手,却发现没有水了。

"怎么偏偏这个时候停水!"他抱怨道,"我得给门卫

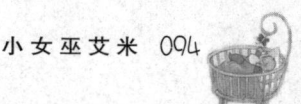

打电话,让他来看看水管的阀门怎么了。"

艾米成功地爬出了盒子,在摇摇晃晃的书堆里爬来爬去。

鲁巴又一次抓住了浑身湿淋淋的喜碧拉。"这才刚刚开始!"他说,"我要你两个星期不吃东西,然后就是挨鞭子了。"

"两个星期?呸!"喜碧拉轻蔑地说,"明天早晨以前,我们就会被解救的!阿……阿嚏!"

看来喜碧拉患上感冒了。鲁巴恼火地看着她说:"现在这个蠢家伙竟然生病了!"鲁巴完全没有预料到这一点。鲁巴要如何照顾她,好让她不会在婚礼前死掉呢?如果夜里她咳嗽,引起了保安的注意又该怎么办呢?

现在需要马上行动!

鲁巴脱下衬衫,幸好挺干净的,递给了喜碧拉。

"把自己擦干净!"鲁巴命令道。喜碧拉用力地擦着

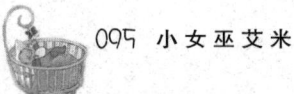

国际大奖小说

头发,鲁巴在一旁气鼓鼓地瞪着她。

喜碧拉染红的头发开始掉色了,再加上刚才出人意料的事故,喜碧拉头发上的红色染料全部沾到了鲁巴的衣服上。喜碧拉湿漉漉的,绞在一起的头发恢复了原来的金黄色,如同小麦的颜色一样。

"骗子!我被骗了!"鲁巴乱叫起来,"你撒谎!你必须赔我……"

鲁巴还没有说完,一个东西狠狠地砸到了他的背上,他一下子摔到了地上。

"艾米,小心!你会掉下来的!马上下来!"喜碧拉的喊叫声和鲁巴的呻吟声混在一起。

艾米骑着一把扫帚快乐地飞来飞去。这把扫帚又破又脏,沾满了蜘蛛网,是艾米在地下室的一个角落里找到的。她一会儿贴着天花板从墙的这头飞到那头;一会儿又俯冲下来用扫帚柄打着鲁巴。

Streghetta mia

艾米飞到高空,咯咯地笑着,还打起转来,然后又把扫帚竖起来,好像在说:"你们看我多厉害啊!"当然,实际上她除了"咯咯"以外什么也不会说。

艾米飞得太疯狂了,蓝色的小帽子从头上掉了下来。鲁巴一眼就看到了她红色的小鬈发,然后激动得从地上跳了起来。

鲁巴立刻明白了:他犯了一个大错!被老鼠啃掉的那个句子就是:女巫是七姐妹中最小的一个。

鲁巴暗暗地骂自己是笨蛋。就在短短一秒钟的时间里,他从绝望变成了充满希望。一直苦苦寻觅的未婚的年轻女巫,没想到竟然自己送上门了。

鲁巴决定饿上艾米几天,让她绝望,这样她就能乖乖听自己的话了。只要能把她带到市政府,结了婚,一切就都好了。还有整整十五天,时间还充裕。

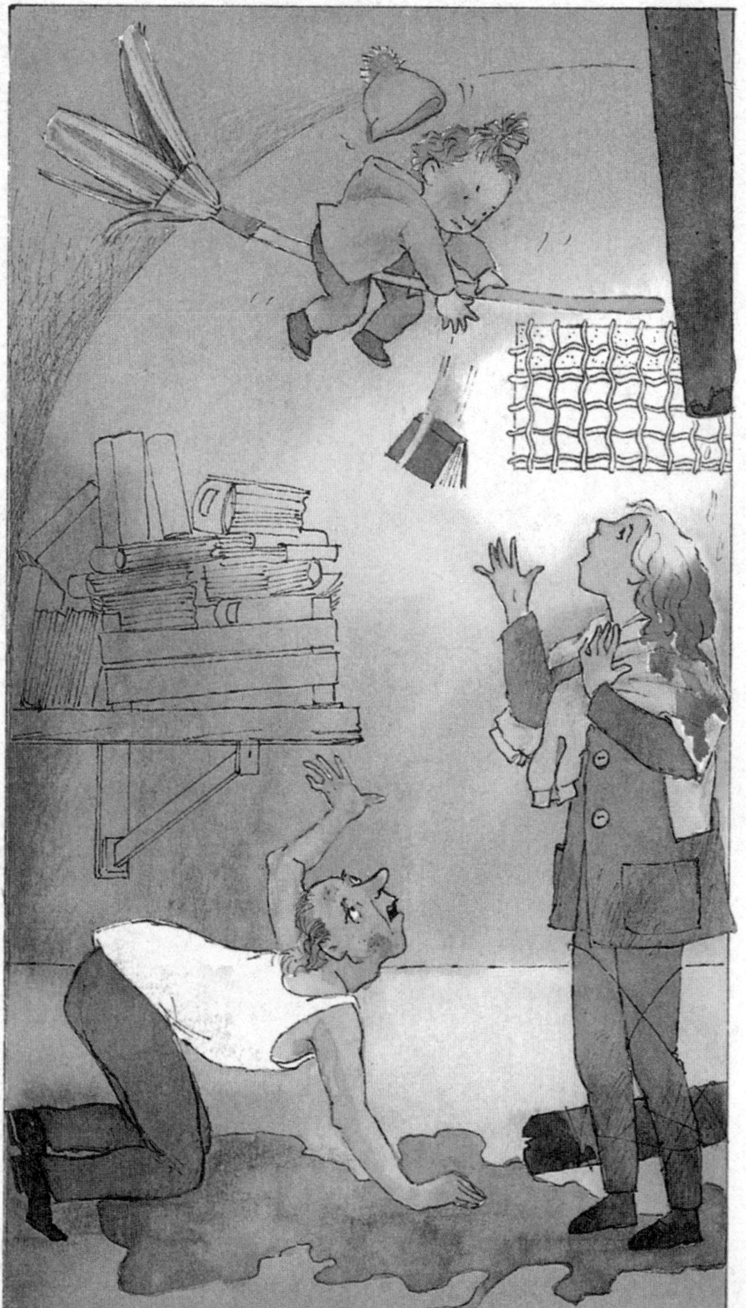

第十九章

追捕小女巫

家里面,迪奥痛苦地躺在床上,裹着厚厚的被子,里面放了六个热水袋,肩膀上还围了一条羊毛披肩。

"但愿我能睡着!"她喘着气,"如果下面的'小野兽'们太吵的话,我发誓,我会下楼掐死她们!"

奇多和斯特好像很焦虑,在花园里不停地转悠了一个小时。斯特一边喵喵地叫着,一边用爪子挠门上的木头;奇多则拍着翅膀,不停地用嘴啄窗户上的扣环。突然,奇多用头撞向玻璃,发疯一样地叫着:"救命!救命!

国际大奖小说

危险！没有时间了！救命！救命！"

"你能消停一会儿吗？"爷爷朝着奇多吼了一声，往它身上扔了一块湿抹布。

爷爷不明白为什么两只动物这么激动，他觉得没什么可担心的，这一天和平时没什么两样。孩子们去学校了，喜碧拉和艾米出门才一个小时，中午应该就会回来，他估计这个时候她们正排队等着见医生呢。

爷爷绝对没有想到两个可怜的孩子正被一个疯子关在图书馆的地下室里。

鲁巴立刻放弃了对喜碧拉的追求，对于一边打着喷嚏，一边用力擦头发的喜碧拉，他已经完全丧失了兴趣。

现在，鲁巴所有的注意力都集中到了艾米身上。

现在说胜利还太早！为了实现他的婚礼计划，鲁巴首先要抓住艾米，但这看上去并不容易。

一开始，鲁巴打算用好吃的引诱艾米。"她年纪这么

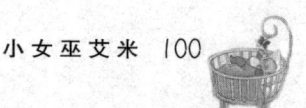

小,"鲁巴心想,"肯定很轻易就会相信别人的。"

"下来吧,小宝贝儿!"鲁巴用甜得像蜜一样的声音说,"下来吧,小家伙,我这儿有好吃的饼干。"

但是,艾米笑了笑从天花板上蹭下一块墙皮,砸在了鲁巴的头上。

"噢!"鲁巴生气了,"你想要和我斗,是吧?好,斗就斗!你觉得我会让你从我的手里溜走吗?我会抓住你的,可恶的小女巫!我会让你付出代价的!"

鲁巴伸出双手乱抓着,他想要抓住艾米。尽管天花板很低,艾米却总能很好地避开鲁巴。

"如果我有一张捕蝶网,我一定能立刻抓住你!"鲁巴扫视着四周,看看有什么可用的工具。

最后,他找到了一根棍子。鲁巴对着空气一阵乱挥,他那滑稽的样子好像是在参加万圣节舞会。

"你快停下!"喜碧拉喊道,"你没看到这会打伤她

国际大奖小说

吗？阿嚏！"

喜碧拉生气极了，她根本不知道这个追求者的意图。确切地说，是前追求者。

"真是奇怪。"喜碧拉自言自语，"一开始，他抓住艾米，把她放在盒子里，根本就没想伤害她，现在却拼命要抓住她。他简直是一个疯子！"

"快停下！"喜碧拉又说了一遍，"放开我的妹妹！你到底要做什么？"

"我要和她结婚！"鲁巴边说边继续对空气乱挥着棍子。

"但是你一开始不是要和我结婚吗？"喜碧拉觉得很惊讶，"你没看到她还很小吗？她才只有一岁！"

喜碧拉像是在对着墙说话，因为鲁巴根本不理睬她。此时的鲁巴早就丧失了理智，像疯子一样满屋子乱跑，在书堆里撞来撞去，书本上的灰尘都落在了他的背上,他摔倒了,骂着脏话爬起来,又摔倒了,又爬起来……

突然,"砰"的一下,传来了一个打破东西的声音,整个地下室陷入了黑暗。原来鲁巴打碎了唯一的灯。

艾米哭了起来。虽然她是一个能干的小女巫,但是她毕竟太小了,才刚刚学会走路。她在黑暗中抽噎着,像一只孤独的小蝙蝠停在高处。突然,她听到耳边传来了一个温柔的声音:"不要害怕,我的女主人,一切都会好的。我们已经来了。"接着,她感到羽毛轻轻地拂过脸旁。

这时,鲁巴感到一阵剧烈的疼痛,五个尖尖的爪子像针一样扎进了他的小腿。

"奇多!斯特!你们在干什么?"喜碧拉叫道,"快跑!通知别人来救我们!"

第二十章

结局大揭秘

原来是这么回事：当赞卡和老门卫检查图书馆的水龙头时，从窗外钻进了一只绿色的鸟，它不断地拍着翅膀叫着："在地下室！在地下室！危险！救命！有坏人！"

"您看我说得没错吧。"赞卡说，"就是地下室阀门的问题。肯定是有人搞破坏，所以才没水了。"

"不要取笑我。"老门卫说，"现在轮到一只鹦鹉做我的老师了。"

"危险！救命！有坏人！在地下室！"奇多拼命地喊

着,用翅膀拍着赞卡的脸。

"危险?地下室里发生什么事儿了?谁有危险?"

"危险!救命!艾米!喜碧拉!救命!"

"艾米?喜碧拉?别管阀门了。我们快去吧!"

"这都是怎么一回事儿啊?!"老门卫吃力地跟着。

当然,最后一切都美好地结束了。

赞卡和老门卫冲进了地下室,打开应急灯,看到鲁巴被埋在书堆下。多亏了在黑暗中仍能看见东西的斯特才让鲁巴跌倒了,一动也不能动了。

赞卡立刻认出了这个"黑魔法年轻人"。他把鲁巴从地上提起来,摇醒他。喜碧拉把事情的经过告诉了赞卡,赞卡狠狠地教训了鲁巴。

后来,两个警察赶了过来,给鲁巴戴上手铐,送进了监狱。

鲁巴进监狱的那天恰好是塞姆先生去世后的一年

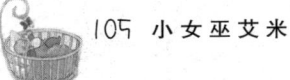

国际大奖小说

零一个月,因为没能和女巫结婚,鲁巴丢掉了财产继承权。

现在终于到了打开第二封信的时刻。

上面写着:

太好了!我的愿望终于实现了!鲁巴这个小笨蛋终于没能通过我的考验。我的遗产要平均分成两半:一半,我要送给拒绝嫁给鲁巴这个家伙的小女巫,这是对她聪明才智的奖赏;另一半,我要送给我妻舅的孙子,他是我妻子辛达唯一的继承人。辛达的哥哥克莱1909年移民到了阿根廷。

公证人苦恼地抓了抓头。

"还是有问题!"他叹了口气,"拒绝鲁巴的人是喜碧拉,但她不是女巫。"

"艾米也拒绝了他。"喜碧拉反驳道,"她甚至用扫帚揍了他一顿呢。"

Streghetta mia

就这样,一半的遗产以艾米的名义存入了银行。

"那辛达的继承人呢?"公证员又说,"难道我要走遍整个潘帕斯大草原①就为了寻找一个移民的后代?"

"这个不难。"陪喜碧拉一起来的迪奥说,"您记得赞卡的妈妈,我可怜的姐姐琳达吗?她去世前是一个寡妇。她的丈夫以前就住在阿根廷,她丈夫的爸爸就叫克莱。"

"赞卡的爷爷!"喜碧拉高兴地叫起来,"所以我们的朋友赞卡是辛达女士的亲戚!一个女巫的亲戚……世界真小啊!"

这样,遗产的另一半,二百五十亿里拉就归辛达女士唯一的继承人——赞卡了。

你们知道赞卡用这笔钱干什么了吗?他扩建了图书

---

①潘帕斯大草原位于南美洲南部,是阿根廷中东部的亚热带大草原,部分已开垦成农田和牧场,盛产小麦、玉米、蔬菜、水果等,是阿根廷最重要的农牧业区。

国际大奖小说

馆,买了很多新书,清理了地下室,还修补了破旧的书。

最后,赞卡和喜碧拉结婚了。但这已经是很久以后的事情了。结婚以前,喜碧拉学习了空间考古,而且还有了很多关于史前地球外生物的非常重要的发现。

又过了很久,艾米也结婚了。你们猜猜她和谁结婚了?是康尼,就是他!他们周游世界,当然不是骑着扫帚,塞姆先生的遗产足够他们幸福地生活一辈子了。

但我觉得,在这个故事里,有人受到了不公正的待遇。事实上,它啃了那么多页黑魔法书,应该得到一些补偿。因为多亏了它,鲁巴才没有收集到完整的资料,过了很久才注意到艾米。

它就是图书馆地下室的老鼠。正是由于赞卡改造图书馆,它才失去了食物的来源,而不得不移居到一个银行的地下室。就这样它改掉了从小养成的饮食习惯。它倒没有说银行里的钱和书本的味道是不一样的。

作者简介

比安卡·皮佐诺
Bianca Pitzorno

　　1942年出生于意大利撒丁岛,后移居到米兰,长期从事儿童文学创作,深受小读者的喜爱,并担任联合国儿童基金会意大利委员会的亲善大使。从1970年至今,已经出版了四十余部儿童文学作品,并取得巨大成功。她被认为是意大利儿童文学的领军人物,其作品被翻译为法语、德语、西班牙语、希腊语、波兰语、匈牙利语、日语、韩语等,并于2011年代表意大利获得国际安徒生文学奖的提名。

人手一把泡泡枪

王小柔/作家

人在年幼无知的时候最有意思,因为满脑子都是一些天马行空的念头。还记得小时候,大人们往我脑子里灌输的都是各种英雄形象,那时的我觉得那些英雄很伟大,自己也想当一回试试。小时候,大马路上没什么汽车,跑来跑去的全是马车,路上尽是马粪。我在这座大城市的街边经常盼着:什么时候哪匹马也能惊一回,咱也像欧阳海似的上去拦惊马,当回英雄。但都等到上小学了,也没看见一匹不老实的马。后来我又迷上晚饭后晃悠着手电在楼前楼后巡逻,想遇见个破坏社会主义公共财物的坏人,能赶紧

Streghetta mia

去告诉警察叔叔。在诸多想法都破灭以后，我每天抓着几个钢镚咬着后槽牙告诉老师说"这是路上捡的"，那时候拾金不昧的小朋友非常多，捡的钱都是有整有零的，真是人人一颗赤子之心啊。老师也不琢磨琢磨谁没事散尽家财，全换成一分一分的天天往学校附近的路上扔啊。

好在那时候，我们脑子里没有巫婆大仙儿的，鬼啊神儿啊的，当然也没有太多向往的童话世界。要不，我们这些拿什么都当真的小孩儿不知道得把童年过成什么样。跟《小女巫艾米》中的外国小孩儿相比，我们更单纯。《小女巫艾米》情节跌宕起伏，吸引读者一直看到最后：故事的主人公鲁巴是个贪婪的家伙，他的叔公逝世后，给他留下了一大笔遗产，但前提是他要和一个女巫结婚。为了遗产，鲁巴日夜泡在图书馆里，翻遍了所有关于女巫和黑魔法的书，最后他终于找到了线索。根据线索，鲁巴锁定了小女巫艾米的家。这中间他闹了许多的笑话，误以为艾米的姐姐是女巫，还拼命地追求人家，但令他万万没想到的是，刚出

国际大奖小说

生不久的艾米才是真正的女巫……鲁巴最终没有得到那诱人的遗产,故事以大欢喜的结局告终:贪财的恶势力终究没能达成自己的愿望,热心、善良的人们得到了应有的补偿。

《小女巫艾米》很有意思,因为在童话里埋藏了太多跟现实有关的成年心思:无论是争夺遗产还是要和指定的人结婚,我都能看到成人世界的可悲。不同的是,童话中的恶势力常常会受到魔法或正义力量的惩罚,而现实社会中,往往不是那样简单。或许,还是活在女巫世界里不再醒来是一种幸福。

女巫的故事像从塑料手枪里喷出的肥皂泡,迎着阳光绚丽而美好,只有孩子在追逐肥皂泡的时候,才会发出天籁般的笑声,他们很满足那些飘浮的梦想,因为那也是童年的一部分。你看见哪个大人会追着肥皂泡边跑边笑,就算他有那心理素质,身边的人也肯定以为这人脑子有毛病。现实世界告诉你:终有一日,所有的肥皂泡都会破灭,孩子也会融入成人世界,变成那个不再去追逐肥皂泡的人。

Streghetta mia

《小女巫艾米》就是那人手一把的泡泡枪。在现实与梦境之间喷洒出一串又一串的华丽,然后,你发现电池没电了,那些从枪管里流淌出来的是一些黏黏的液体。恭喜你,又回到现实世界。但是,这又何妨呢,即便最后是个美丽的泡影,只要放逐自己的幻想,在这梦幻的故事里走上一遭,也未尝不是件好事。

这大概就是这本书的意义吧。

国际大奖小说

《小女巫艾米》
教学设计

臧　琴/书童工作室

【作品赏析】

以为和奥得弗雷德·普鲁士勒的《小女巫》一样，这本书也是讲的一个可爱的小女巫的故事，她有神奇的法力，而且善良、勤劳……然而，打开《小女巫艾米》，故事却从一个有点儿悬念的遗嘱开始：鲁巴要想获得叔公塞姆先生五百亿里拉的巨额遗产，就必须在叔公死后的一年零一个月内，同一个女巫结婚。可是，20世纪哪来的女巫？所以，接下来，鲁巴钻进了图书馆潜心研究起了女巫。当然，离找到女巫还远着呢。

Streghetta mia

于是,作者介绍起了泽普一家:妈妈爸爸常年不在家,爷爷要照顾六个小姐妹和刚出生不久的小妹妹艾米。这个小不点儿有些怪:洗澡时,她能安然无恙地漂浮在水中,像一朵睡莲,身体仿佛充满了空气;她有一头火红火红的头发,与她的父母和姐妹截然不同;她不能从镜子里照出自己的模样,而且还会骑着扫帚飞行……

一次偶然的机会,鲁巴在图书馆里遇上了泽普家的两姐妹——蕾娜塔和爱莲。但是,愚蠢的鲁巴却把头发染成红色的大姐喜碧拉当成了自己应当追求的女巫。当所有方法失败之后,鲁巴决定采取不友善的手段来达到目的,那就是绑架。在喜碧拉带艾米外出检查时,鲁巴得逞了。他将两姐妹关在了图书馆的地下室里。一番搏斗是少不了的。在争斗的过程中,鲁巴终于发现:小妹妹艾米才是他真正要找的小女巫。但是他最后的"努力"还是没有成功。在鹦鹉奇多和小猫斯特的帮助下,故事以圆

国际大奖小说

满的结局告终了：鲁巴被关进了监狱，遗产被做了戏剧性的继承和分配。

这是一个乍看复杂而事实上很简单的故事，很显然作者在扬善惩恶，他在告诉我们：世间的一切都是公平的，好人有好报，恶人有恶报。整天幻想不劳而获的人，最后只会落得糟糕的下场，鲁巴就是一个绝好的例子。所以，生活中，我们只有勤勉、正直而勇敢地追求自己的理想，美好的未来才会属于我们。

【话题设计】

1. 从鲁巴查阅的资料中，你知道女巫有什么特征？
2. 书中的小女巫到底是谁？在她的身上发生了哪些你认为很神奇的事？
3. 鲁巴为什么那么执著地寻找女巫并想和她结婚呢？你认为他的叔公塞姆先生真的希望他寻找到所谓的

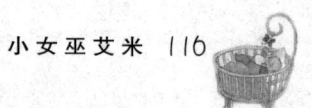

Streghetta mia

"女巫"吗？

4.鲁巴为什么最终没能通过考验？如果想通过考验你觉得该怎么做？

5.你最喜欢故事中哪个人物？说说喜欢的理由。

6.读完这个故事，你想到了什么？

【延伸活动】

1.绘制人物图谱：泽普家的七个姐妹可以说是个个精灵古怪，你能为她们各自绘制一张人物图谱吗？先想想有关她们的故事，找到每个人物的特点再动笔哟。

2.研究"藏"字游戏：保姆迪奥很喜欢做填字游戏，还喜欢出谜。她发现泽普家七姐妹的名字的第一个字母连起来就组成了一个词——女巫。看来，你应该知道女巫在意大利语中怎么拼写了吧？其实，中国也有一种"藏头诗"和迪奥出的字谜有些相似。比如，唐代诗人柳宗元

国际大奖小说

写的《江雪》:千山鸟飞绝,万径人踪灭。孤舟蓑笠翁,独钓寒江雪。把每一行的第一个字连起来读,你有什么发现吗?是不是觉得挺奇妙?像这样的诗,你能找几首来研究研究吗?如果能自己试着编一编,就更棒了。

3.人物续写:世间万物,世界都公平对待。故事对五百亿里拉的遗产处置,交代得十分详细。可作者却没有交代鲁巴。虽然他不是一个"正面"人物,但仍不该被忘记。他的结局会是怎样的呢?拿起笔来写一写吧。

【亲子阅读】

这本书可以试着让孩子自己读。在遇到一些难理解的词语时,可以鼓励孩子查查字典,必要时爸爸妈妈也可以给予点拨。当然,爸爸妈妈和孩子一起阅读,就像开始一段奇妙的亲子旅程,一路上一家人可以共同欣赏美丽的风景,领略阅读带给人们的温馨与甜蜜。